痛い靴のはき方

益田ミリ

幻冬舎文庫

もくじ

痛い靴のはき方

夜の繁華街で気がついた

なんだかなぁ、もうイヤんなってきちゃったなぁ。

ちょっとしたイヤなことがあって、イヤだなぁと思っていたら、また別のイヤなことがあって、でも、そのおかげでひとつ前のイヤなことがぼんやり煙にまかれてしまう。で、その調子で、またイヤなことがあると、ひとつ前のイヤなことには霞がかかり、

「ん？　ふたつ前のイヤなことってどんなだっけ」

古いイヤなことはかなり薄まっているわけである。

イヤなことを「新イヤなこと」でうやむやにするってどうなんだ？

と、イヤな気持ちになりつつも、イヤなことがどんどん積み重なっていくわけではないシステムなのはいいなとも思うのだった。少なくとも、わたしの場合は。

とはいえ、イヤなことがあるとささくれる。心がささくれる。めくれ上がった部分

である。

夜の繁華街を歩きつつ、大きなためいきをついていたとき、あることに気づいたのである。

なんだかなぁ、もうイヤんなってきちゃったなぁ。

がヒリヒリ。

心の中のひとりごとが大阪弁じゃない。

わたしの心の中のひとりごとは、もう大阪弁じゃないのだった。

上京14年。普段の生活で方言を使うことはほとんどない。今では「出身、大阪なの？　全然わかんなかった」と驚かれるくらい。

自分で言うのもなんだけど、わたしはインパクトのない「いでたち」である。東京生活を大阪弁で貫き通すと、大阪弁の人、という第一印象で終わりかねない。なので、上京後、わりと早くから大阪弁を使わないようにしていたのだった。

そして、ついに心の中のひとりごとが大阪弁じゃなくなっていた。「なんだかなぁ、もうイヤんなってきちゃったなぁ」。大阪弁にすると、「なんか、もうイヤんなってきたわ」だろうか。

流れた時間は、いろんなことを乗り越えてきた時間でもある。イヤんなってきちゃうことがあっても、まあ、なんとかなるだろうと思える土台、それが月日というものか。

な〜んてことを考えつつ歩いていた昼下がり。前々から、感じが良さそうだなとチェックしていたカフェに入ってみた。ショーケースに、大好物の「サバラン」を発見！　ホットコーヒーとともに注文しパクパク。ちょっと元気が出る。「これ、めっちゃおいしいやーん」。カフェにいたのは、大阪弁のわたしなのであった。

オーストラリア戦

「なんか、今夜、サッカーの大事な試合があるらしいですね？」

打ち合わせを兼ねてのレストランでの食事の最中、目の前に座っている男性編集者の発言に驚いた。男子の日本代表チームがワールドカップに出られるかどうかが決定するという、めちゃくちゃ大事な試合が、たった今、行われているのである。思わず「えええええーっ」という声をあげてしまった。

「大事も大事、超大事な試合ですよ!」

わたしが前のめりになると、逆に驚かれた。

「マスダさん、サッカーとか興味ある人だったんですね?」

いやいやいやいや、興味うんぬんより、ワールドカップ出場をかけた試合といえば、かなりのビッグイベントではないですか。

早めの食事だったので、レストランを出たあとでもまだ後半戦が見られる時間である。

「ね、ね、ここから国立競技場までタクシーで10分もかからないし、ああいうところで見られるんじゃない?」

それはいいアイデアだとタクシーに乗り込むわたしたち。運転手さん情報によれば、入場料を払うと競技場の中の大型ビジョンで観戦できるとのこと。

「わたしも以前、娘たちと見に行ったことがありますよ」

年配の運転手さんが言い、それがすごく嬉しかった。今日は仕事で見られないけれど、娘さんたちと観戦した楽しい夜もある。わたしが申し訳なく思うのは筋違いなのである。降りるとき、「楽しんできてください」と運転手さんが声をかけてくれ、

「ありがとうございます！」

わたしは元気よく答えた。

国立競技場の入り口で１８００円を払って中に入ると、青いユニフォーム姿の若者たちであふれ返っていた。ちょうど後半戦が始まるところだった。大型ビジョンなるものが思っていたより小さくて見にくかったけれど、初夏の夜空の下、大声で誰かを応援するのは清々しかった。

「あ〜、オレ、来てよかったなぁ、楽しいなぁ」

ついさっきまで、サッカーの大事な試合があるらしいですね？　なんて言っていた彼も楽しそうだった。

映画館を出て

映画館を出たのが午後6時過ぎ。渋谷の街はあいかわらず混雑していた。

人、人、人。

駅に向かう群れと、駅から向かってくる群れがスクランブル交差点で混ざり合っている。

ぼんやりとさみしくて、友達をご飯に誘おうかと、一瞬、思ったけれど、ぼんやりとさみしい気持ちでぶらぶらするのもいいなと考え直す。梅雨の晴れ間の涼やかな夕暮れ。じゃまにならない程度に、ゆっくりと歩き始めた。

時間はたえず流れ、人生はつづいている。

だけど、場面は自分で切り取ることができる。

いくつかの心配ごと。深刻なものもあるし、すぐに解決しそうなものもある。でも、今、ここにいるわたしは、ここにいるわたしである。心配ごとを「ぼんやりとさみしい」の中に放り込んで、散歩したってよいのである。

どこかでアップルパイを買おう。さっき観た映画は『奇跡のリンゴ』。心はリンゴモードである。デパートの地下でアップルパイと、ついでに茄子を一袋買った。アップルパイは食後のデザートに。茄子は、ごま油で焼いて味噌汁に入れよう。

買い物をしたら活気づいてきた。そうだった。お世話になった人にプレゼントを買おうと思っていたんだった。

なににしよう？

歩いていたらひらめいた。折り畳み傘がいい。わたしも愛用しているアウトドアショップの超軽量傘。もうすぐ旅に出ると言っていたから、きっと役に立つだろう。赤いのを買ってプレゼント用の袋に入れてもらった。

その後、書店で単行本を1冊買う。日高敏隆さんの『動物は何を見ているか』。それから、なくなりかけていた化粧水と日焼け止めを購入。化粧水は3本まとめて買うと安いので3本。さらに、発売したばかりの自分の新刊を1冊買う。久しぶりの旅のエッセイ集。

気がつけば、わたしのトートバッグはずっしりと重たかった。見た目もパンパン。肩も痛い。せっかく活気づいた気持ちもしぼんでしまった。

もしかして、トートバッグが大きいから、いつもこんなふうにまとめ買いをしてしまうのではないか？　だいたい、渋谷で茄子を買わなくたってよいではないか。

よし、ポシェットだ！　明日からは、荷物はポシェットだけにするんだ！　身軽に生きるんだ！　そう決意してポシェットを買えば、また荷物。帰宅後、ためしにそのまま体重計に乗ってみたら、手荷物分が3・5キロだった。

新しいワールド

仕事用の新しいパソコンを買った。14年ぶりである。今まで使っていたのは型が古すぎて、ここ数年はインターネットも使えず、仕事で送られてくる資料も、ほぼ見られなかった。なので、たいていのことはスマホで済ませていたのだけれど、さすがに、小さい画面では目も疲れる。使い慣れているパソコンを手放すのが怖くてダラダラと先延ばしにしていたのだが、意を決して買い替えたのだ。

それにしても、14年である。パソコンはびっくりするくらい進化しているようである。バシッと言い切れないのは、全貌があきらかになっていないせい。漢字を打つだけで、フワッと辞書の機能が浮かび上がる画面を見て、えええーっと驚いている「出だし」の段階である。

こうなったら、とことんパソコンを習ってみよう！

というわけで、週に一度、パソコンの講習を受けているのだった。

「シフトとコマンドと4でスクリーンショットです」

先生の教えをメモしながら、ああ、一体、これは何語なんだろう？　とか考えるのはやめて集中するのだ‼　と自分に言い聞かせている。

買ったのはノート型。前々から一度やってみたかったカフェでのパソコンデビューの日も近い。Wi-Fiというものの扱いはまだ習っていないのでわからないのだけれど、いずれ、このWi-Fiをものにして、スタバなんかでパソコンに向かうというステキな構想もある。

さらには、アニメーションなんかを作ったりさぁ、映画とかも作ったりさぁ、などと妄想し始めると、目の前のパソコン講習に集中できず、

「あ、先生、今のところもう一回いいですか？」

覚えの悪い生徒なのであった。

どんどん減っていく

日曜日、ひとりで電車に乗っていたのだった。さほど混んでおらず、ゆったりと空席があった。

住宅街を進む電車。わたしは窓の外の暮れゆく夏の夕焼けの空を見ていた。そして思ったのだ。いや、感じたのだ。

ああ、人生がどんどん減っていく……。

夕焼けの美しさを味わいたいのに、その先にある、儚《はかな》さの部分にばかり反応してしまう。

それは、斜め向かいに座っている高校生らしき女の子のせいでもあった。ショートパンツからすーっとのびた、長くてきれいな足。傷ひとつなく、マネキンの足のようにつるつるである。わたしは、自分が過去にそれらを持っていて、年齢とともに、失ったようで悲しくなっていた。もともと、そんなスタイルでもなかったくせして！

勝手な話である。

毎日少なくなっているわたしの人生。戻ることのないわたしの人生。同じ夕焼けが二度とないように、人生も繰り返されない。

そして、不思議だった。人生について考えているわたしの心の中の4分の1くらいのスペースでは、まったく違うことを同時に思っているのである。

さっき買ったスイートポテト。とてもおいしいらしい。雑誌にも載っていた。家に帰って食べるのが楽しみだなぁ、帰ってすぐ食べるか、冷やしておいて、夜ご飯のあとに食べるか。人の脳みそとは、一体どういうしくみなのだろう？　人生とスイートポテトを並行して考えることができるなんて……。

新宿駅に着くと、「人生について」は煙のように消えてしまった。その後、なにを考え始めたのかは覚えていない。スイートポテトは食後にペロリと平らげたのだった。

ある日の夕暮れ①

ひとつのビルにだけ
光がさしていた

10分の間

とりあえず、あと10分くらい会話しないと解散には早すぎる、という場が大人にはあるもの。

用件が思った以上に早く終わり、もう伝えることはないんだけど、

「じゃあ、そろそろ行きますか」

と言うにはあっさりしすぎているので、強引に作る「余韻」の10分。

そういうとき、やめたほうがいいのは質問のやりとりである。時間かせぎのためだけに、たいして知りたくもないことを互いに質問し合っていると、特に言いたくなかった話題や、聞きたくなかった話題が出現して面倒だったりする。

この夏のわたしの「余韻」はかき氷だった。

なるべくからだを冷やさないようにしているので、夏でもかき氷は食べないのだけれど、猛暑だったせいもあり、今年は解禁。よく食べた。

友達が「とらや」のカフェのかき氷がめちゃくちゃおいしかった、お願いだから一回食べてと言っていたので、電車に乗って新宿伊勢丹まで食べにも行ってきた。平日の午後なのに、店の前には長蛇の列。

わっ、なんか、すっごいおいしい予感がするぅぅ。

並んでものを食べるのは苦にならないので、いそいそと最後尾についた。店内の様子が丸見えなので、みんながどんなものを食べているのかがわかるのだけれど、かき氷の人が多かった。人気のようである。こんもりと盛られた真っ白な氷に、濃い抹茶の緑が美しい。それをシャクシャクとスプーンでくずしながら食べている人々を見ていると、自分の未来が輝かしいものに思えてくる。わたしだってもうすぐ！

「ミリちゃん、白いあんこが入っているかき氷食べてね」

友が熱く語っていたので、30分並んで席に着くと、すぐに「白いあんこ」のほうを注文した。これが、もう、本当においしかったのである！「とらや」といえば、もちろん羊羹。使っているあんこがおいしいと、かき氷も倍おいしい。白いあんこはほくほくと優しい口当たりで、おまけに氷も軽やかだった。

「ぜひ、この夏、食べてみてください、あっ、じゃあ、そろそろ行きますか」

余韻の10分は、こんな「とらや」のかき氷話で乗り切った2013年の夏であった。

ストロベリーキング

香水がある。

全長3センチほどの、小さな小さな瓶に入っている香水。

おそらく、もう肌に付けたりしてはいけないと思う。ひょっとしたら香りを吸い込むのもよくないのかもしれない。なにせ、30年以上前の代物なのである。

自分で買ったのか、友達にもらったのかは定かではないが、小学生のわたしにとって、それは初めての自分専用の香水だった。

瓶にはサンリオのキャラクターの絵がある。ガラスは透明で、中の液体の量は半分ほど。色は当時より少し茶色くなったような気がするが、香りは昔のままである。

この香りをどう表現していいのかわからない。瓶の底のシールには、「ストロベリーキング」と書いてあるが、イチゴの香りとも思えない。30年前に我が母が、「なんかヘンな匂い」と言っていたのを覚えている。けれど、子供のわたしにはこの上なくよい香りだった。友達に出す手紙の隅に付けたりして楽しんでいた。

「香り」からよみがえってくる記憶についての記事をなにかで読んだことがある。密接な関係があるらしい。確かにそうだなぁと思う。わたしは、この子供用の香水に鼻を近づけるだけで、すぐさま小学生の自分の感覚に包まれるのだった。

小さなわたしのからだから外の世界を見ている感じ。

父親のおさがりの木の勉強机。

香水はその机の引き出しにしまっていた。机に向かっているときに見えている自分の小さな手や、並べた教科書までの距離感が、香りとともによみがえってくるのである。

部屋の片付け中に久しぶりにかいでみたけれど、懐かしくてキュンとする。

人間がタイムマシーンを作れるのかどうかはわからないけれど、少なくともわたしは持っている。この香りをかぐと、いつでも小学生のわたしに戻ることができるのだから。

しかしながら、そろそろ手放すときなのかもしれない。というか、もう捨てよう。

さっき手に付いた「ストロベリーキング」の匂いがなかなか取れず、懐かしさを超えて、ちょっと酔いそう……なのである。

あっという間にひとくくり

あれはなんなのだろう？　ざっくりとした解釈の人。

「あんまり好みじゃないかも」

会話の中で、なにかについてそう答えたら、

「なんで嫌いなんですか？」

と、返されギョッとすることがある。

「あんまり好みじゃない」と「嫌い」は同じではない、とわたしは思っているのだけれど、どうなんだろうか。

内心では「嫌い」な場合でも、あえて「嫌い」という表現を避けている場合もある。

普段から「嫌い」を使いすぎると、

「ああ、また言ってる」

本物の嫌いを信じてもらえない。

ざっくりとした解釈といえば、神経質とか、完璧主義とか、あっという間にひとくくりにしちゃう人もそこそこいる気がする。

お風呂で使ったバスタオルは毎回洗う、と言ったときに、

「潔癖症？」

つっこまれて、あたふた。毎回洗わないなら、何回くらい使うんだろう。そういうものだと疑っていなかった自分の小さな世界に驚きつつ、いやいや、でも、やっぱり「潔癖症」とは違うんじゃないか。ここで、月に2回くらいしかシーツを洗っていないことを発表し、自分が潔癖症ではないことを証明したほうがいいのだろうか？　でも、それはわたしにとってどんなメリットが？　早めに他人をまとめたい心理とはなんなのか。ゆっくりつき合う余裕がないのか、単に面倒なのか。考えているうちに話題は流れ、あともどりができなくなっていた……。

好きなものと許容範囲の関係性

好きなものは人それぞれなわけだけれど、どことなく不公平を感じているのだった。

わたしが好きなものの一番は、おそらく甘いもの。毎日必ず食べている。

仕事の打ち合わせの予定があれば、

「終わってから、どこに甘いものを食べに寄ろう？」

家を出る前から思いを馳せている。

最近よく食べているのが「サバラン」。ラム酒を染み込ませたブリオッシュに生クリームを添えたケーキ。お酒には弱い体質なのだけれど、サバランくらいなら問題ナシ。口の中でお酒がじゅわっと染み出てくるのも楽しく、さらに生クリームのまろやかな甘みにうっとり。

そうだった。サバランといえば、先日、ケーキ屋で買って帰ったサバラン、なんとなんと、ラム酒が染み込んでいなかったのである。忘れたみたい。食べたらパッサパサ。

この話を食事会の席などで披露したところ、

「取り替えに行けばよかったのに！」

という反応が多く、えっ、これ、笑い話だったんだけど……と、もごもごしてしまった。ケーキ屋さんにも、たまにはこういうウッカリがあるんだなと、わたしには面白いエピソードだったのである。

ブリオッシュに生クリームを塗って食べる新しいデザートと思えばいいんでないか？

とさえ思っていたくらい。受け取り方によっては返品交換になるようである。でも、まあ、それは、普段からわたしが甘いものをたくさん食べているせいであって、たまに食べたサバランに間違いがあると、腹が立つものなのかもしれない。

などと、わたしが好きなもののことを書きたかったのではなく、わたしが好きなものが甘いものでなく、「機械」だったらどんなにいいだろう？　と思う今日この頃なのである。

夏に新しいパソコンに買い替え、さらにはプリンターを買い替え、いろんな設定を最初からやらねばならなかったり、無線がどうとか、インストールがなんとかとか、もう心が折れそう……。自分が新しいパソコンにウキウキするような性格だったらいいのになぁ。そっちのほうが役に立つんじゃないかなぁ、なんか不公平だよなぁと、意気消沈しつつ、今もサポートセンターからの折り返し電話を待っている最中なのである。

今年ももちろん

世田谷ボロ市は400年以上前に開かれた楽市が始まりで、もともと、古着や古道具を売っていたので「ボロ市」と呼ばれていたのだそう。今でも古い着物や古道具の屋台が路地にたくさん並び、食べ物の屋台も出て、たいそうにぎやかなお祭りである。

大好きで、今年ももちろん行ってきた。昼時に友人たちと待ち合わせ、

「さて、なにから食べよう？」

まずは「食」からスタート。いい匂いのする屋台のほうへ一同ゾロゾロ。玉コンニ

ャク、じゃがバター、熱々のすいとん。はふはふと青空の下で食べる楽しさといったら！

よし、腹ごしらえも済んだし、次は名物「代官餅だ！」と、腹ごしらえを終えても、またまた食べ物である。つきたてのお餅をその場で食べられるのだけれど、これが毎年大行列。並びましたとも、1時間近く。そして、並んでいる間も、

「ちょっと屋台の偵察行ってくるね」

と、出かけた友が戻ってくるたびに、カップケーキだの、タンシチューだのが手渡される。鵜飼い状態である。

待ちに待った代官餅は、やわらかくてもっちもっち。味は、からみ大根とあんこときなこの3種類で、みなで全種類を制覇。さすがにもうお腹はいっぱいになったので、ようやく、心おきなく屋台めぐり。

なのに、昔の食器や、古道具を見つつ、

「ね、あのゆず安くない？」

「いいね、今年はゆず胡椒作ってみよう」

「ね、あの長芋もおいしそう」

「お味噌汁に入れるとおいしいよね」

野菜の屋台を見つけるたびに立ち止まらずにはいられないわたしたち。野菜を買うことがこんなに楽しくなるなんて、子供の頃には想像もしなかった。そして最後は、買ったものをちょっとずつ交換。わたしの買った長芋の一部は、みかん4個と殻付きアーモンドとえびせんべいにトレードされた。

ある日の夕暮れ②

よそん家の洗濯物、
夕日に当たっていたのが
きれいだった

わたしのこと覚えてますか？

自分のことを覚えてくれていると確信している人って、一体、どういう根拠があるのだろう？　と、わたしが思うのは、わたしは自分が「忘れられているはず」という前提でいるからである。

一度や二度会ったくらいで、自分の顔を覚えていてもらえるわけがない。

わたしは他人に対してそう思っているので、たとえ、わたしが相手を覚えていたとしても、相手はわたしを覚えていないという前提で、挨拶をするようにしている。

「益田ミリです、お久しぶりです」

とりあえず名乗る。そうすれば、先方だって対処の仕方があるというもの。

であるからして、みな同じような感覚でいてもらえれば助かるなぁと思うのだけれど、そうもいかない。

なにかの席で、以前、お会いしたであろう人に、

「わたしのこと覚えてますか？」

唐突に言われたりすると、あわあわするのである。いや、あわあわを通り越して、ちょっとイライラ。なぜ、クイズ形式にしなければならぬのか？

そして、覚えていないときの正しい対処がわからない。

「あ、以前、お会いしてますよね、あれ？　どこででしたでしょう、すみません、最近、もう記憶力が落ちて、ははは、もう歳ですかねぇ、いや、ほんと、ねぇ……」

失礼のないようにしたいが、失礼のないようにできているかは不明である。

忘れるのはそんなに悪いことなのだろうか。失礼になるのだろうか。覚える自由も、忘れる自由もあってよいのではないか。

そもそも、忘れる失礼よりも、現在の時点で失礼な人のほうが失礼なわけで、会っているときに失礼でなかったのならヨシとしてもらいたい、と思っている方がどれくらいいるかはわからないけれど、いると信じたい忘れん坊なのであった。

信号待ち

北風吹く、キンキンと冷たい真冬の夜。一日の用事を済ませて家に帰るため、駅前の自転車置き場に向かっていたのだった。

最近、外出するときは、たいていリュックサック。打ち合わせの書類や、習い事の道具、出先で見つけて買ったお菓子、読みかけの単行本や、レシートで膨らんだ財布。あれこれ詰めると、相当な重さになるのだけれど、背負ってしまえばなんとかなる(荷物はポシェットだけにする、と決めたこともあったのだが……)。

とはいえ、自宅の最寄り駅に戻る頃には、もう、肩はカチコチ！　おまけに、ごわごわする冬のコートである。からだ全体の血の巡りが悪くなっている。

ああ、疲れた。マジで疲れた。

心の中で言うつもりだったのに、ぽろりとひとりごと。信号待ちの交差点。にぎやかなのでわたしの声はかき消されたが、自分の耳に届いた、「ああ、疲れた。マジで疲れた」という自分の声は、思っている以上に疲れたものだった。

信号が青に変わった。

青信号がススメと言っている。

ススメ、ススメ、ススメ、ススメ、ススメ、ススメ。

うるせーよ。青だからって、進まなくてもいいじゃないか。

端っこにいたので、ここに立ち尽くしていても邪魔にはならぬ。わたしは急に青信号が憎らしくなり、わざと一回、青信号を見送ってやろうかと本気で思った。しかし、北風の嫌がらせに負け、点滅前にあわてて渡った。

自転車置き場でお金を払い、自転車のかごにリュックサックを入れた。一転、わたしは身軽に。軽く肩を回してから、夜の路地へとペダルを踏み込んだ。

青信号を憎らしいと思ったの、初めてだな。

だからなんだというわけではないけれど、そう思いながら家に帰ったのだった。

苺祭り

苺である。

苺の祭りなのである。

ホテルヒルトン東京が、毎年春に開催するストロベリーデザートフェアに、今年も友人たちと行ってきたのだった。

ようするに、苺のデザート食べ放題なわけだが、これがもう、本当にかわいらしい。今年のテーマは『ストロベリーピクニック』。ギンガムチェックのテーブルクロスに、ずらりと並んだデザート。ガラスの小ビンに入った苺のプリンやミニマドレーヌ、甘酸っぱい苺のマカロン、もちろん苺のショートケーキも。籐のかごに入れて森に持っていけば、絵画のモチーフになるほど美しいデザートの数々である。

「みんな、今日は苺の向こう側に行くよ！」

集まった友4人で気合いを入れて、食べた食べた。午後2時半から6時までの3時間半。おしゃべりしつつ、とことん食べた。デザートだけでなく生の苺も並んでいるのだけれど、苺自体もものすごく甘い。ストロベリーデザートフェアのために厳選された苺なのだろう。

「お客さま、そろそろお時間です」

と言われるまで粘って、ああ、大満足。もう当分、苺いらないね〜、なんて言いながら表へ出ると、新宿は宵の口。

「ね、都庁から夜景見ない？」

「いいね、税金払ってるんだし、たまには都庁ものぼろう」

みんなで都庁の展望台へ。新宿の高層ビル群の明かりがきらきらしていた。４人で夜景を楽しみつつ、わたしたちは、それぞれ違う景色を見ているのだ、と思った。

新宿御苑で桜を見たな、スカイツリーに母親と行ったな、あの通りは、昔、恋人と歩いたことがあるな。

口にはしないが、みんな、どこかで過去の景色を重ねながら見ているのではないか。

「きれいだったねぇ」

「お腹いっぱいだねぇ、お腹いっぱいだから、もうお茶もできないねぇ」

笑い合って駅に向かったのだった。

松本旅行記

連休の後半、長野の松本に1泊してきたのだった。

雑誌の女子旅特集でもたびたび出てくるところだったので、ずーっと気になっていたのである。

新宿から「あずさ」に乗って2時間半。意外に遠いんだなと思った。この距離感はもちろん人それぞれである。わたしの場合は実家の大阪までが2時間半なので、長野ってもっと近いと思ってた！　という感覚。しかし、新幹線のスピードを考えれば、松本は東京から気軽な距離の観光地である。

着いた日は雨。

雨の日にちょうどいい観光といえば美術館である。松本市美術館は、松本出身である草間彌生の作品をたくさん所蔵していることで有名。まずはてくてく歩いて美術館へ。

敷地に入ってすぐ、草間作品がドーン。木のように大きな水玉のチューリップがそびえていた。館内に入ると自動販売機も赤い水玉。ちなみに、松本の街を走っているバスの中にも「水玉バス」があり、見かけるといちいち「あっ」と見入ってしまう。

草間彌生の常設展にシャンデリアの部屋があって、それがめちゃくちゃかっこよかった。鏡張りの部屋の中のシャンデリア。映り込んで、遠く彼方までシャンデリアのキラキラがつづいているように見える。

「なに、これ、宇宙？　めちゃきれい〜」

きれい、と感じた瞬間に嬉しくなるのはなぜなんだろう？

人間にとって、それはなんのための機能なんだろうか。

美術館を出たあとは、遅めの昼食。やはり、ここは名物、お蕎麦だろう。駅の観光案内所でもらった蕎麦マップを頼りにお店に行くと、「すみません、本日はもうお蕎麦がなくなりまして」。連休の人出もあり、なかなか人気のお蕎麦屋に入れない……。

と、そこに、ガイドブックに載っていた昔ながらの洋菓子屋さんを発見。お土産にクッキーなど買っているときにその話をすると、お店の人が「わたしはあそこが一番おいしいと思うわぁ」という蕎麦屋を教えてくれた。行ってみたらすんなり入れた上においしくて、よかった、よかったと表へ出る。

いつの間にか雨はあがっていた。「夜はなに食べようかね？」。食べたばかりなのに、同行のうちの彼ともう夕飯の話……。

「ちょっと運動してお腹減らさないと。散歩しよ」

などと言うわりに、わたしがガイドブックに○を付けている大半は、洋菓子屋、和菓子屋、パン屋、カフェなのであった。

メインの観光は翌日ということで、初日はゆったり。蕎麦屋のあとは街をぶらぶら。なわて通りと、中町通りというふたつの通りは、観光用にレトロな町並みを再現し

ており、たくさんの土産物屋が軒を並べている。雑貨屋、うつわ屋、洋服屋に、骨董品屋、パン屋。のぞいてまわるとあっという間に時間が過ぎていく。

老舗の和菓子屋の前を通ると、店先のショーケースに栗ごはんの見本が。

栗。大好物である。吸い寄せられるように入ると、「栗おこわ」なるものが売っているのだった。

食べたい。しかし、これを今食べたら晩ご飯が食べられない。というか、お腹を減らすために歩いているのに、食べてどうする？　泣く泣く我慢。代わりと言ってはなんだけど、お店に併設されているカフェであんみつを食べてしまったのだった……。

「甘いものは別腹」というのは、一体、誰が考えたのだろう？　名コピーである。

コピーといえば、20代の頃、コピーを集めていたことがある。雑誌や新聞の広告で、いいなと思ったコピーだけをちょきちょき切り取って、ノートに貼り付けていた。それを、ときどき読み返しては、たった一行の中にも物語が見えるんだなぁ、などと感心していたものである。就職活動のときに、自分を紹介する一行コピーを考えて、チラシのようなものを作ったこともあったっけなぁ。どんなコピーかは覚えていないけれど、自分には未知なる可能性がある、みたいな切り口だった。それを履歴書と一緒に企業に送ったのだけれど、きっと総務部の人たちに笑われていたんだろう。景気がよい時代にもかかわらず、わたしの就職活動はまったくうまくいかなかった。コピーライター志望だった。

和菓子屋をあとにして、夕食の店を探しながら松本駅までのんびり歩く。

「ご飯、どこで食べようかね」

雨もあがって、夕焼けは明日の晴れの予感に満ちていた。清々しいひとときである。

人生にはうまくいかなかったこともあるけれど、いつも、お腹は、ちゃんと減った。お腹が減ることで、何度も何度も助けられてきたような気がする。

さて、松本旅行2日目。

宿泊先のビジネスホテルで、無料で自転車を借りられたので、自転車観光である。わたしもうちの彼もペーパードライバーで、旅先での観光はもっぱらレンタル自転車。

わたしが最後に車を運転したのは、19歳のときである。免許を取ったのも19歳だから、言わば永遠のペーパードライバー……。運転することが怖くて怖くて、まったく楽しめなかった。あの木の陰から子供が飛び出してくるに違いない。あの曲がり角から自転車が飛び出してくるに違いない。自分の未来予報にいつもくたくたになった。

という話をすると、

「マスダさん、運動神経、にぶそうですもんね」

と、言われることがあるのだけれど（おいおい）、竹馬だって乗れるし、コマも回せるし、バドミントンも上手だったし、去年の友達とのボウリング大会では、スコア180で優勝。決してにぶくはない、と主張したい。が、運動神経抜群ではないことは承知しており、ドッジボールも、ローラースケートも、鉄棒も、徒競走も、水泳もパッとしなかった。そのパッとしないグループの中に、車の運転があるのである。ちなみに、16歳のときに免許を取った原付バイクは、まったく問題なく乗っていたことを、明記しておきたい。

閑話休題。

レンタル自転車で松本城へ。見てみたかった黒くてかっこいいお城である。観光案内所の人が、午後からは入場制限されるくらい混みますと教えてくれていたので、朝一番に入城。階段がものすごく急なので、みな、おそるおそる天守閣にのぼり、おそるおそる下りていた。

昼食は、またまたお蕎麦。観光案内所でもらった蕎麦マップに載っていた店でおいしく食べ、そのあとは松本民芸館、松本市はかり資料館など、ぐるぐる観光。気づけば、いつの間にかバッグの中がパンパンになっていた。「帰りの電車の中で食べるつもり」のものをこまごまと買っていたせいである。松本の人気のパン屋で買ったパン、みそラスクに栗まんじゅう、前日チェックしていた栗おこわももちろん購入。

さぁ、帰るとするか。

「あずさ」に乗り込んで東京へ。車内の小さなテーブルには、松本のごちそうが並び、行きと同じくらいわくわく楽しい帰路なのであった。

ある日の夕暮れ③

自転車のライトが自動点灯する
瞬間を見たいと思った

お似合いですよ

メガネを買いに、メガネ屋へ行く。輸入物を扱う、めちゃオシャレなメガネ屋である。

なぜ、そんなにオシャレなメガネ屋を選んだのかというと、あか抜けた人と思われたいからである。

オシャレなメガネ屋に並ぶオシャレなメガネの数々。カラフルな色だったり、フレームにいろんな細工がほどこされていたり。ちょうちょみたいなのがついているものもあった。

うーん、オシャレだ。オシャレを通り越して、オシャレの向こう側に行ってしまっているようなものもある気がしたが、きっと、かける人によってはとてもオシャレに見えるのだろう。

店内には、わたしの他に客がひとり。60歳くらいの女性で、華やかと、ケバいの中間くらいの目立つファッションで、とても声が大きい。ああいう堂々とした人がちょうちょのメガネをかけたら、ものすごく似合うような気がした。彼女は、店員さんとあれこれ話したあと、「また来るわ」となにも買わずに帰っていった。店内には、いよいよわたしひとりである。

メガネの店員さんたちが、それとなくわたしのことを見張っている、じゃなくて、気にかけてくれている。

「気軽に試してみてくださいね」

と、男性店員さんが背後から声をかけてくれたが、気軽に試して「えっ、そういうの似合うと思ってるんだ〜」と思われないかが心配で、無難なものしか試せないわたし。

ここはもう、相手の懐に飛び込んだほうがいいだろう。

「あの、わたしに似合いそうなのってどういう感じですかね？」

いろいろ持ってきてくれた。まずはオレンジ色のものをかけてみる。

わからない。オレンジのメガネに自分の顔が負けている気がする。他に、青いのとか、側面が赤いのとか、もうすすめられたのは全部かけてみた。どれを試しても「お似合いですよ」と言われるので、もしかしたら似合っているのかもしれないが、ここまでオシャレでなくてもいいかなと気弱になり、

「もっとシンプルなのも試してみよっかな〜」

というひとりごとともに、極細のドイツ製のメガネをかけてみた。馴染む。安心感。安定感。やっぱ、冒険やめよ。という結論に達し、結局、普通の感じのを購入。

これもまた、「お似合いですよ」とのことだった。

化粧を落としてすっきり

この原稿を書いている今は、夜中の1時30分。ちょっとした飲み会を終えて帰宅後、小腹が空いていたので食パンを1枚焼いて食べてから、パソコンを立ち上げたところ。飲み会を終えて、と書いたけれど、飲み会はつづいていて、わたしは終電間際に抜けてきたのである。

明日は特に予定もないのだから、まだ遊んでいたってよかったのだ。単に化粧を落

としたかった。化粧を落としてすっきりしたくなって、「じゃ、今日はこれで」と戻ってきたのである。そのくせ、化粧も落とさずに机の前に座っているのだった。

こういう夜は、とても欲張りな気持ちになっている。

夜通し遊んでいる「わたし」と、こうやって帰ってきた「わたし」。ふたりの「わたし」を選ぶことができたわたしは、帰ってきた「わたし」を選んだのである。

だから、夜通し遊んでいる「わたし」に負けたくない。

帰ってきた「わたし」でよかったと思えるような有意義な時間を過ごしたい。

そう思うから、今、こうやってパソコンを立ち上げて、なにかを書こうとしているのである。遊んでいる「わたし」には書けなかったようなことを書きたいと指を動かしているのである。

自分に負けたくない、というセリフをよく耳にするけれど、違う意味で、今のわたしがまさにそれ。しかし、勝ったところで一体なんなのだろう？　勝敗を決めるレフェリーもまた「わたし」なのである。

わたし。

わたしがわたしではなく他人だったとき、わたしは、この今の「わたし」と友達になりたいだろうか。わたしは、「わたし」を好きになるだろうか。

自問しつつ、とにかく、わたしの友達でいてくれる人々には心から感謝しなければならない、と思う。そして、そんな彼らは、飲み会の最中なのである。

というわけで、夜通し遊んでいる「わたし」には書けなかったようなことを書けたのだろうか、な〜んて思いながらパソコンの電源を切る10秒前である。

人は必ずわかり合えるわけではない

いくら努力をしても話が通じない人というのがいるもの。いや、心が通じ合えない人、と言うべきか。それがわかってきた頃には中年なのだった。

もし、うーんと若い頃、そうだなぁ、中学生くらいの頃に気づいていたとしたら、もう少し楽だった場面もあったのではないか。

人は必ずわかり合える。

大人たちから吹き込まれ、そうだ、そのとおりだと真摯に受け止めていたらたくさんの擦り傷を負ってしまった。あれは大人の願望のかけらだったのである。

わかり合えない人との意見の食い違いは、回数を重ねれば重ねるだけ傷口が広がるわけで、なのに、きちんと説明したらわかってもらえるはずという、若き日の教えが脳裏をかすめ、ついふんばりそうになってしまう。が、もう大人になってずいぶんたつので、ふんばりすぎないように心がけなければならない。足腰も若干弱り気味なのだ。

誰かと意見が合わなかったとしても、別に自分の人生が1ミリも動くことがない場合は、もう先に降りてしまってもいいような気がしている。

人は必ずわかり合えるわけではない。が、表面上でなんとでもなる。

昔のわたしが知りたかったのは、これだったのかも?

とはいえ、このカラクリを知っていた子供がどんな大人になっているのかを想像すると、ゾッとするのではあるけれど。

ある日の夕暮れ④

と、ふと気づく感じは楽しい

金沢旅行記

久しぶりに金沢へ。

金沢21世紀美術館のプールは何度見てもわくわくする。そして何度見ても「おもしろいね！　すごいね！」と誰かと気持ちをわかち合いたくなるのだった。

プールと書いたけれど、実際はプールに水は入っていない。でも、水が入っているように見える。水のない水底から空を見上げることができるという不思議な作品。言葉にすると、まるでなぞなぞみたいだけど、一目見ればとにかく楽しい気持ちになる現代美術である。

この作品を作ったのはアルゼンチン出身のレアンドロ・エルリッヒという人。ちょうど彼の日本初個展が開催されており、こんな作品があった。

白くて広い部屋の中に庭が設置されてある。

庭といっても、大きな鳥かごのようなものに入っている庭で、中の植物はすべて偽物。その巨大鳥かごのまわりをぐるりと歩いていると、突然、向こう側にいる「自分」と出会うのである。鏡が仕込まれているだけのことなのだけれど、鏡に映る「自分」は自分ではなく、不思議とそっくりさんみたい。別の惑星に住む、自分に似た何者かのようである。偽物の植物が、よりそう見せるのかもしれない。強く引きつけられて、しばらくこの作品から離れられなかった。

この世には自分に似た人が3人いる。

子供の頃に耳にして、ぜひ会ってみたいと思った。

昔、仕事の打ち合わせ先でふいに言われた。

「マスダさん、あれに似てますよね」

あれとは、アンパンマンに登場する「バタコさん」である。当時は携帯電話で画像検索などできなかったので、

「バタコさんって、どんなだろう？」

と、思いつつ、その足で別の打ち合わせ先に出かけていったところ、なんと、

「マスダさんって、バタコさんに似てない？」

と言われたのである。同日、二度目である。

わたしはバタコさんをすぐに見たいと思い、と同時に、パンに似ているってどうなんだろう……と心配になった。帰りに書店に寄ってアンパンマンの絵本を確認したところ、わたしはバタコさんに結構似ていた。そして、バタコさんは、パンではなく人間風だったことに安堵した。

以来、似ている有名人の話題になったときに、わたしは必ず「バタコさん」の名を挙げるのだけれど、たいてい「あ、似てる」と言われる。

レアンドロ・エルリッヒの作品に映る「わたし」もまた、バタコさんに似ていた。愉快な作品だった。

最近通い始めた英会話スクール。先生（外国人）に、日本国内の好きな観光地を聞かれ、行ったばかりだったので、わたしは「金沢」と答えた。すると先生に、「ぼく

は好きじゃないな、見るとこほとんどなかったし」というようなことを英語で言われ、「そんなことないヨ、見るとこはいっぱいあるヨ」と、すばやく英語で返せるようになるにはどれくらい勉強すればいいのだろうと気が遠くなったのだった……。

ささて、金沢初日は、というか、翌日からは富山へ移動というスケジュールだったので、金沢観光は一日だけ。なので、今回は、金沢21世紀美術館をメインにし、あとは、通称「忍者寺」と言われている妙立寺《みょうりゅうじ》と、近江町市場に的をしぼる。

妙立寺は以前、母との旅行で訪れたことがあったので二度目になるのだが、意外と忘れているもの。案内役の人が、

「こちらが隠し部屋になっております」

と、教えてくれるたびに、

「わっ、すごい！」

いちいち感心してしまった。

妙立寺のあとは、金沢市民の台所、近江町市場に向かった。

市場は大きなアーケードになっている。

アーケードの中に住みたい、と子供の頃に思っていた。家の近所にあった市場はど

こもアーケードになっていて、個人商店がぎっしりと並んでいた。それは、大きな家の中にある、小さな家々だった。絵本の中の世界のようで、母親の買い物についていくのが大好きだった。

近江町市場は、長い一筋の商店街ではなく、あっちこっちに道が分かれている。

「あれ？　さっきの店にもう一度行きたいんだけど」

と思っても、ぐるぐるとたどり着けない。さまよっていると、果物屋の店先のメロンジュースが飲みたくなって飲み、牡蠣屋の生ガキをその場でツルリと食べてしまう。痩せたい人にとっては恐ろしい市場である。約１８０店の商店があるそうで、活気があって本当におもしろい。先生（英語の）は、ここには来なかったのだろうか。

夜は、地元の居酒屋に行ってみようと、うちの彼とふたり、繁華街をぷらぷら。

「この店は？」

そっと中をのぞいて考える。

「地元の人ばっかりみたいで緊張する～」

なかなか決められず、ほどよく混んだ居酒屋に入ってみれば、ついたての隣りの席はおじさんたちの同窓会。下ネタで盛り上がっており、固さとサイズの話が延々と繰り返されていた。「男子の同窓会ってこんななんだネ」と小声でうちの彼に言えば、「ここまでじゃない」とのことだった。同窓会にインパクトがありすぎて、なにを食べたのかは忘れてしまった金沢の夜であった。

金沢観光を終え、翌日には富山へ。特急列車に乗れば40分ほどなのだけれど、今回は途中で、氷見《ひみ》と高岡を観光することに。
昼食に氷見で名物「氷見うどん」を食べようと、まずは高岡で乗り換え氷見へと向かう。
富山といえば、藤子・F・不二雄、藤子不二雄Ⓐ、両氏の故郷で、高岡から氷見までを結ぶＪＲ氷見線には、忍者ハットリくん列車なるものが走っていた。車体はもちろん、車内にもハットリくんの絵がたくさんあって、おまけに放送の声もハットリくんである。

氷見駅に着くと、観光案内所でレンタル自転車を借りる。ついでに、おすすめの氷見うどんのお店を教えてもらい、「行ってきます！」と海沿いの道を進んでいく。借りたのは電動自転車だったので、スイスイと楽ちんである。

地元の人でにぎわう食堂で、わたしは氷見うどんと氷見牛コロッケのセット、うちの彼は白エビ天丼を食べる。白エビも富山の名物。透き通った薄いピンク色のきれいな小エビで、世界でも富山でしか漁が行われていないとガイドブックには紹介されていた。氷見うどんは、細麺でこしがあってツルツル。秋田の稲庭うどんにも似ていた。

ご飯のあとは、軽く氷見観光。街のあちこちにハットリくんとその仲間たちの像が飾られているので見てまわったり、藤子不二雄Ⓐ氏による漫画の原画（の複製）が展示されているギャラリーがあるので、そこに寄ったり。

ギャラリーにはハットリくんのビデオを自由に見てよい部屋があり、靴を脱いで、床に座ってまったりと見た。夏休み、友達の家に遊びに来ているような懐かしさである。友達の家に遊びに行くと、よく知っているはずの友達が違って見えたものだった。

招く者と、招かれている者という立場を子供なりに感じ取っていたのだろう。あと、わたしの家は団地だったので、家の中に階段というものがなかった。戸建の家の子には当たり前の階段が、わたしにはとても新鮮だった。

この階段でこんな遊びもできるのにな、あんな遊び方もできるのにな。

自分の妹と、家の階段でお店屋さんごっこをしているのを空想した。わたしは新しい遊びを考えるのが得意だった。近所の子たちと遊んでいるときも、既存の遊びに新ルールを追加し、場をさらに盛り上げることがよくあった。

短い氷見観光を終え、再びハットリくん列車に乗り込む。地元の学生たちがうつむいてケータイをのぞいている。この子たちには、ハットリくんが日常なんだなぁ。列車は動き出し高岡へと向かった。

氷見観光のあとは、高岡に途中下車。日本三大大仏のひとつである、高岡大仏を見に行くことに。

駅から歩いて10分ほど。民家をひょいっと曲がったら、いきなり高岡大仏が現れた。

「わっ、びっくりした！」

本当に突然なので、遠近感がおかしくなる。

高さ16メートル。

大きい大仏さまなのに、どうしてこんな近くに来るまで姿が見えなかったのだろう⁇

大仏の台座の中に入ることができ、しかも、無料である。地元の子供たちがふらっと遊びに来ていた。

わたしが初めて見た大仏は、奈良の大仏である。小学校の、たしか3〜4年生のときの遠足だった。大仏の鼻の穴と同じ大きさにくり抜かれた柱があって、そこを通ることができ、児童全員が通っていたら時間がかかるので、やりたい子だけが、サササッと試していた。わたしも試してみたかった。けれど、そういうことをやるのはお調子者の男の子たちばかりで、笑いをとれない子がやるのは、なんか違う、という雰囲気だった。

大阪という土地柄か、おもしろい奴、というのはスターだった。おもしろくて走るのが速い奴、というのは最強だった。このすばらしい能力を、彼らが大人になって活かしきれていなかったとしたら本当に惜しいことだと思う。彼らは今でもわたしの憧れである。

大仏を見たあとは、駅近くの広場にあるドラえもんの像を見に行く。ドラえもん、のび太、スネ夫にジャイアンなど、12体の像が並んでいるので、同じポーズをして記念撮影。高岡は、ふたりの藤子先生が青春時代を過ごした街なのだそう。

そういえば、ドラえもんの好物のドラ焼き。関西では「三笠《みかさ》」と呼んでいるので、子供のわたしは同じものだとわからなかった。だから、いつかドラ焼きを食べてみたいと思っていて、母親に頼んでみると、「三笠のことやろ？」と言われ、違う、違う、ドラ焼き!!　などと腹を立てていた。

ドラえもんの像をあとにして、ようやく、富山に向かったのは夜の8時過ぎ。富山で食べる夕食はすでに決めていた。東京を出発するときから決めていたのだ。

富山ブラック。

そういう名前の食べ物である。

富山ブラック！　なのである。

富山のなにがブラックなのかといえば、ラーメンである。真っ黒なつゆのラーメンを、富山ブラックと呼ぶのだそうな。いわゆるB級グルメというものである。

ガイドブック『まっぷる』情報によると、戦後、肉体労働者のために、塩分を多くした濃い醬油ラーメンを作ったのが始まりなのだとか。写真で見ると、イカスミほど真っ黒ではないが、かなりの黒さである。

ホテルに荷物を置いたあと、いざ、富山ブラックの店へ。チェックインのときに、フロントの若い男性に、

「近くで富山ブラックが食べられるお店はありますか？」

と聞いてみたところ、

「ぼくが一番おいしいと思うのはここです」

と、教えてくれたのである。

こういうときに、「ぼくの一番」が言えるのってかっこいいなと、わたしは思ったのだった。普通なら、「みなさまお好みがあるので一概には言えませんが、こちらと、こちらなんかは有名店でございます」、くらいでやり過ごすところを、彼は、ちょっと照れくさそうに「ぼくの一番」を発表してくれたのである。

一番好きな映画、一番好きな音楽、一番好きな俳優、一番好きな小説、一番好きな絵本、一番好きなデザート、一番好きなおにぎりの具……。

一番好きな○○を絶えず問われつづけているわたしたち。その答え次第で、なにかを評価されているのである。それが嫌で、はぐらかすこともあるわけだけど、本来は、もっと気軽に答えてよいものではあるまいか。なので、旅先で「ぼくの一番」で出迎えられ、なんだか妙に嬉しかったのである。

果たして、「ぼくの一番」の富山ブラックは、とってもおいしかった。ブラックなつゆだけれど、想像していたよりしょっぱくなく、出汁も利いていて味わいがあった。

いいじゃん、いいじゃん、富山ブラック！

今度、富山に来たときもこの店で食べよう！　心に決めた富山ブラックの夜である。

ある日の夕暮れ⑤

パーキングの看板が
「そら」に見えた

幹事のおかげ

夜の競馬が気持ちいいらしい。

「あ、いいね、いいね、今度行こうよ!」

友人たちと毎年、言いつづけていたのだけれど、今年、友の幹事のもと、ようやく、実現したのだった。

どこかに出かけて、みんなで遊ぶ。気の合う仲間同士の楽しいイベント。

内輪なものであっても、幹事、というものが必要になってくる。

8月、夜の競馬に行かない?

というメールを送る行為自体は難しくないわけだけれど、みんなの返事をまとめ、日程を調整し、待ち合わせ場所を決め、交通手段やメインレースの時間を調べることも引き受けるのが幹事である。

ここ数年、友人たちとすごくいい関係だなと思っているのが、いつも決まった幹事ではない点である。

あの子は幹事が得意だから任せよう、という空気が全然なく、「あ、これ、楽しそうだし、みんなを誘おう」とか、「よし、ここはわたしが幹事役をしてみるかな」と、とても自然なのである。持ち回りにしているという感じもない。なんというか、「みんなで楽しく生きていこう！」という前向き感。

今年に入って、わたしも何度か幹事を買って出た。

春、新宿のヒルトンホテルのストロベリーブッフェ。甘いものが好きそうな女友達に声をかけ4人で出かけた。東京スカイツリー観光付きお寿司バイキングのツアーの幹事もした。あとは、横浜のドイツビールのお祭りの幹事も（食べることばっかり……）。

友人たちが幹事をしてくれて、参加した会もたくさんある。ペルー料理を作って食べる会、ギャラリーのワークショップに参加する会、ミニ盆栽を買いに行って、街歩する会などなど。今年は行けなかったけれど、毎年、海に花火を見に行く会の幹事をしてくれる友もいる。

そして、今回は夜の競馬である。

8月の夜風が心地よく、髪をぼっさぼさにしながらみんなで競馬を見た。ちょうど、競馬場でドイツビールのお祭りをやっていたから、ビール片手にソーセージをもぐもぐ。

「晴れてよかった〜」

幹事の友が言い、「わかる」と思った。天気は幹事のせいではないのだけれど、みんなに楽しんでもらいたいから、幹事をすると天気のことがいつも気がかり。そのぶん、雨のイベントでも、参加する側は残念がらない。幹事経験があるから、幹事の気持ちに寄り添えるのである。

競馬は、まぁ、勝てなかったわけだけれど……幹事のおかげで実現した楽しい夏の競馬なのだった。

ある日曜日

家で漫画を描いていた日曜日。外は清々しい秋晴れで、途中で布団を干したり、掃除機をかけたりしつつ、また机に向かう。プランターでプチトマトを育てているので、休憩がてら世話もしてやる。

プチトマトは夏の前に一株だけ買って植えたのだけれど、支柱を追い越し、わたしの身長くらいまで伸びたあと、手すりに寄りかかって横に伸びつづけている。夏が終わると、トマト自体は小振りのまま赤くなった。プチトマトをさらに小さくしたプチプチトマトが鈴なりである。

「かわいいなぁ～」

しばし眺めて、机に向かい、干した布団を取り込んだり、冷蔵庫に入っているチョコレートをつまんだり。幸せなひとときである。

子供の頃から絵を描くのが大好きだったから、大人になっても絵を描きつづけていられる今に感謝している。誰にというわけではなく、「今、このとき」への感謝である。

連載の漫画を5本仕上げ、封筒に入れる。宅配便の送り状に記入してコンビニに出しに行けば、月曜日の午前中には各出版社に到着する。前倒しに仕事をするのが好きなので、締め切りが2ヶ月くらい先の原稿である。

さあ、着替えて出かけるとするか。原稿と財布を持って自転車にまたがりコンビニへと向かう。

暑くもなく、寒くもない。夕焼けは美しく、原稿もうまくいった。抱えている問題がないこともないが、今日、この日曜日は素晴らしい。そうだ、原稿を出したあとは、渋谷で映画を観よう！　明るい気持ちでペダルを踏んだ。

デパ地下でサンドイッチを買い、映画館に到着。閉まりかけのエレベーターに駆け寄ると、中にいたオシャレな青年が「開」ボタンを押してくれて間に合った。エレベーター内は彼とわたししかおらず、お礼を言う。

チケットを買って席についてみれば、さっきの青年が、偶然、真ん前の席だった。

運命の出会いかも⁉

わたしが20代の女の子だったとしたら、勝手にドキドキしたかもしれない。が、もう20代でもないので一切ドキドキもせず、わたしと同様、地味な隅っこの席が好きなんだな〜、と思うだけである。

映画は60年代アメリカで人気だった、フォー・シーズンズというポップバンドをモデルにしたもので、劇中、知っている歌が何曲も流れた。へぇ、この人たちの曲だったんだ〜。なにも知らずに行ったのだけれど、とても得した気分。『ジャージー・ボーイズ』という映画だった。

映画館を出ると、渋谷の空には三日月が見えた。耳から離れないフォー・シーズンズの名曲のサビの部分を口ずさみながら、のんびりと駅へと向かった日曜の夜だった。

最初の一行

台風の夜にパソコンに向かっている。

と、今、一行書いてみた。

たいてい、「こういうことを書こう」と決めてから原稿を書くわけだけれど、今夜はなにも考えずに最初の一行を書いてみた。

最近、行った場所のことを書こうか。新宿にある「ロボットレストラン」。しかし、嵐の夜にロボットのことを書きたい気持ちになれず、おととい観た映画のことを書こうか、と思う。

いや、そうではなく、映画館の前の席に座っていたカップルが、館内が暗くなった瞬間にチューしたことを書こうか。その流れから、自分が初めて男の子とデートで映画館に行ったときの話に展開するのはどうか。

いやいや、そんなことより、映画館を出たあとに知り合いとすれ違った話もいい。知り合いとすれ違ったからといって、必ず声をかけなければならないわけでもないので、「あ、知ってる人だ」と思うだけのこともあるのだけれど、おとといのわたしは、「○○さん！」と声をかけてみたのだった。そんな気持ちになれる明るい映画だったから。どうも、どうもと挨拶し、笑顔で別れた。

ここから「親友」の話に持っていってもよいかもしれない。その日観た『フランシス・ハ』という映画は、「親友」について濃く描かれたものだったから、映画→知り合いに会う→親友という流れもよい。

それとも、がらりと変えて、台風について書くのはどうか。台風の思い出。台風の思い出で、書いていないエピソードはなにがあるだろう？

そうだ、20代の頃だった。どしゃぶりの雨を利用してシャンプーしてみよう、な〜んて言って、当時、つき合っていた彼と、ふざけて雨シャンプーをしたことがあった。レインコートを着て、マンション前の自転車置き場で。遠い未来、自分の青春時代を振り返るときに、きっと、とても面白い思い出になるに違いない！　と考えながらやったのである。そのせいか、まったく懐かしく思えない。嫌悪感すらある。この話から、若者時代の、意図的な思い出作りについてつなげていく方向性もある。

ここで、このエッセイを振り返ってみる。

たいてい、「こういうことを書こう」と決めてから原稿を書くわけだけれど、今夜はなにも考えずに最初の一行を書いてみた。

と、最初に書いたけれど、やはり、はじめの一行から、こういうエッセイにしてみようと思っていたのであろう。今回はこういうエッセイなのである。

第二の人生と東京の「わたし」

関西で仕事があったので、大阪の実家に2泊する。泊まるにあたり、2泊してよいかと事前に母に確認しておいた。父も母もなにやら忙しそうだからである。

町内会のバス旅行、グラウンドゴルフ、カラオケ教室、ボランティア……。他にも細かくいろいろあるのかもしれない。

第二の人生、という言葉がある。なんと大げさな言葉なのだろうと、昔は鼻白んでいたものだが、「いや、あるな、第二の人生」と、両親の老後を見て思うのだった。

子育てのほとんどを背負ってきた母も、子育てなんかしたかしら？　という軽やかさであるし、父は父で、情熱をかけて勤め上げた会社員時代のことも、もうほとんど口にしなくなった。定年後、しばらくは懐かしそうに話していたものだが、今は自分の畑でなにを育てているかという話のほうが、断然、楽しいようである。

長い秋休みに入っている父と母。食事にも気を使い、運動もよくしている。実家に帰ってふたりの様子を見ていると、だんだん、自分まで老後の仲間入りをしている気になってきて、夜は3人でお茶をすすっている。穏やかな時間である。そんなとき、東京の「わたし」が、幻想のように思えてくる。

「ロボットレストラン」に行った「わたし」は、幻だったのではないか？

「ロボットレストラン」というのは、ロボットと人間のショーを見られるお店で、それは新宿・歌舞伎町というギラギラしたところにあり、「ロボットレストラン」の中も電飾でギラギラしていた。

「なんか、すごいね、ほんと」

「ほんと、なんか、すごいね」

いろんなロボットが登場するたびに、一緒に行った人々と感心し合ったあの夜。あちらが虚構で、実家にいるわたしが本物なのではないか？

大阪をあとにし、東京に戻る新幹線。新横浜を過ぎたあたりで、どちらの世界も自分の世界だよなぁと、ふいに納得し、品川駅で下車したのだった。

3泊4日で韓国へ

ソウルは、東京より一足先に秋が深まっていた。黄色くなったイチョウの葉が風に吹かれてぱらぱらと落ちていく様子は、どこの国で見ても切ないものである。

この夏、韓国で漫画の賞をいただいたり、つづけて翻訳本が出版されたりしたので、今回は仕事の旅である。いくつかのインタビューと、ブックカフェでのイベント、書店でのサイン会。普段、大勢の人の前に出ることはないので、日本にいるときから緊張していたのだけれど、さらに、わたしの頭を悩ませたのは、なにを着ていくか、であった。

特にブックカフェ。事前にカフェの写真を見せてもらったところ、もう、めちゃくちゃオシャレ。オシャレな人々が集う、オシャレな店なのである。

そんなオシャレカフェのイベントに、一体、わたしはなにを着ていくのが正解なのか。

ラフな感じに見えるけれど、ちょっと気がきいていて、優しいイメージになるような洋服とは？

出発の1週間前は、もはや連日、デパートの洋服売り場めぐりである。あれでもない、これでもないと考えた末、Tシャツにカーディガンにしよう！　と、決めたはいいが、Tシャツの季節はとっくに終わっているのでTシャツ探しも一苦労。

最終的に買ったのがツモリチサトの猫のイラストのTシャツ、ZUCCaのカーディガンであるのだが、家に帰ってそれに合うパンツを探してみれば、どれもウエストがきつい……。でも、もう出発は明日というところまできていたので、お腹を常に引っ込めておく作戦である。

ささて、そのブックカフェでのトークイベント。なごやかに進行し、最後の質問コーナーでのこと。わたしがエッセイの中で書いていた「踊り」について、

「どんなものか知りたいです（通訳）」

と、韓国のかわいらしい女性からのご質問。ええ、ええ、もちろんお見せいたしますとも。わたしは立ち上がり、ツモリチサトのTシャツと、ZUCCaのカーディガンと、きつきつのパンツで踊ってみせました、盆踊り。みなさんにウケて一安心！　あと、パンツのボタンもはじけ飛んでいかなくて一安心。

無事に終了し、その夜は、韓国の出版社のみなさんと焼き肉を食べに行ったのだった。

韓国で食べる焼き肉。

出版社のみなさんは全員韓国人なので、本場の食べ方を教えていただく、またとないチャンス。通訳してもらいながらの夕食である。

まずは乾杯。年上の人の前でお酒を飲むときは、少し横を向いて飲むのだそう。乾杯のあと、若い方々がいっせいに横を向いてコップに口をつけたので、

「どっちを向いてもいいんですか？」

質問したところ、よい、ということだった。

「コーヒーを飲むときもそうするのですか？」

と聞いてみたら、アルコールのときだけ、とのこと。

テーブルの上の湯のみのような器には透明なスープが入っていて、キムチが漬かっている。スプーンで一口飲んでみると、酸味があってさっぱり。みなさん、スープを少しずつ飲んでいて、食べる前に飲むと消化によいらしい。「水キムチ」という名は知っていたけれど、本場で味わうことができたのだった。

焼き肉は、いろんな薬味やキムチ、野菜と一緒に食べる。

「これに、これをのせて食べてもＯＫですか？」

いろいろ聞きながら食べるのだけれど、自由でよいらしい。お店の人が大きなお肉をハサミで切りながら、てきぱきと焼いてくれるので、な〜んにもしなくていい。日本のような取り箸はなく、すべて、自分のお箸で料理を取っていいシステムだ。親しい友達とのご飯みたいにアットホームな雰囲気である。味付けカルビは、甘くて、やわらかく、とってもおいしかった。

お肉が終わると、シメにキムチチゲか、冷麺か、ヌルンジのどれかをチョイスすることができた。わたしはヌルンジ初体験。具の入っていない、お茶漬けのようなもの？　おこげご飯なので、ちょっと香ばしく、さらさら食べる感じ。最後は、全員に温かい梅のお茶。これまた、消化によいそうである。韓国の焼き肉は、一緒にたくさん野菜も食べ、食前食後に消化によいものを取り入れ、ヘルシーである。翌朝もしっかりお腹が減っていたので、理にかなっているのだろう。

そして、不思議なことに、焼き肉を食べた翌日に、また焼き肉を食べたいと思っているのである！　お肉、お肉と、からだがお肉を求めてカッカして、代わりに、いつもはたくさん食べる甘いものが、さほど欲しくない。からだが素直に旅先に馴染んでいくのが面白かった。

空き時間にちょこっと観光、仁寺洞《インサドン》へ。

「韓国の浅草のようなところです」

と、案内してくださった出版社の方。メインストリートには、伝統小物や、骨董品などのお店や、ギャラリー、飲食店が並んでにぎやかであるが、小さな路地をのぞくと古い町並みが静かに残っている。

土産物屋をぶらぶらし、お茶の専門店のカフェに入って一休み。ヨーロッパ旅行などと違い、道行く人々は同じ黒髪なので、外国に来ているという気があんまりしない。韓国の出版社の女性ふたりと、わたし。そして、日本から同行している女性編集者。ちょうど日曜日だったので、休日の女子会のような感じである。

お茶を飲みつつ、子供の頃の遊びの話題になる。わたしが土産物屋で買ってみたおもちゃの遊び方を教えてもらったのがきっかけである。

買ったのは「コンギ」。小さな透明のケースに、色とりどりのアメ玉のようなものが5個入っている。プラスチックでできていて、中に入っているのは細かい砂にも見える。振ってみれば、さらさらと優しい音がした。

「こうやって遊びます」

と、韓国の出版社の方がやってみせてくれた。

あっ、知ってる、知ってる、この遊び。日本にもある！　日本の「チェーリング」遊びと同じである。

5個のチェーンを宙に放って手の甲に乗せ、何個つかめるかを競い合う。小学校の休み時間によくやったものだった。

「日本にも似たものがありますよ！」

嬉しくなって、みんなでカフェのテーブルで「コンギ」遊び。

あと、韓国にもゴム跳びがあるそうで、話を聞くと、遊び方もとても似ていた。家の中で、柱と家具にゴムを結んで練習した、という話まで似ていて大笑い。

言葉の壁があるので、細かいニュアンスまではお互い通じないのだけれど、似た遊びをして大人になったということに、ほっこりとした親しみが湧いてきたのだった。

「日本では、雨の日になにを食べますか？」

韓国の通訳の若い女性と街を歩いているときに聞かれて、

「え、雨の日に食べるもの？」

なんのことかわからなかった。

「韓国では雨の日に食べるものがあるんですか？」

反対に質問してみたところ、

「韓国では雨の日、チヂミを食べるんですよ」

と教えてくれたのだった。

昔からずっとそういうことになっているらしい。だから、雨が降るとチヂミが食べたくなり、お母さんが作ってくれるのだそう。あとは、チャンポンも食べるのだと言っていた。

「チャンポンって、あの、ラーメンのような？」

「はい、そうです」

けれど、辛いチャンポンなのだそうだ。

辛いチャンポン。

赤いのだろうか？

一度、食べてみたいなぁ。

雨の日に食べるもの。

なんだか、ロマンチックである。日本では、雨だからと言って特に食べたくなるものはない。夏の暑い日にそうめん、冬の寒い日にはやっぱりお鍋、というのならあるけれど、「雨」というキーワードで、みなが共通で食べたくなる料理は存在しない。

今日は雨かぁ、チヂミが食べたいなぁ、チャンポンもいいなぁ。

雨音を聞いて食べたくなるものがあるのが、ちょっとうらやましかった。

ある日の夕暮れ⑥

今日の夕焼け、

と、思うことって
結構ある

豊川稲荷のいなり寿司

お正月を大阪の実家で過ごし、新幹線で東京に戻る途中、ちょこっと観光を入れることに。今年、初ひとり旅である。

名古屋で下車し、在来線で豊橋まで。乗り換えて豊川へ。愛知県のガイドブックを見ていたら、豊川稲荷の門前町にある、あれやこれやとおいしいものが食べられるお店の情報が載っていたのである。豊川稲荷が今回の目的地だ。

そのおいしいものの代表が「いなり寿司」。豊川稲荷の門前町は、いなり寿司発祥の地のひとつらしい。

子供の頃は、いなり寿司のお揚げが甘いのが、どうもしっくりこなかった。しかし、いつの間にかじんわり好きになっていた。妙にホッとする食べ物である。

豊川駅を出ると、きつね、きつねで大にぎわい。きつねのモニュメントがあったり、店先には手作り感あふれるきつねたちが座っていたり。スマホでパシャパシャ写しながら、のんびりと歩いていく。

5分もすれば、豊川稲荷の門前町。大勢の人が初詣に訪れている。観光案内所を過ぎると、商店がずらりと並び、おいしい匂いがあちこちから。焼きちくわを頬張りながら歩いている人もいる。

行列になっているのは、やはりいなり寿司。折りに入っているものをお土産用に買って帰るようだ。

昼食がまだだったので、わたしは店内でゆっくり食べようと専門店ののれんをくぐった。椅子に座って待っている人たちが何人かいた。最後尾に並ぶ。しばらくして、一組の夫婦が入ってきた。妻が言った。

「あら、並んでる。名前書くとこあるんじゃない？」

スタスタ歩いて奥に入っていく。名前を書く紙が置いてあった。妻のほうが名前を書いた。あわててわたしも。なので、わたしはこの人たちの次である。こういう場合、

「あの、わたし並んでいたのですが、名前を書くのを知らなかったので、先に書いてもいいですか？」

と、言う人と、あきらめる人は、どちらが多いのだろうか⁇

名前を書いたのだし、まぁ、じっとここにいなくてもいいかと、一旦、表に出て土産物屋をぶらっとする。10分ほどして戻ってきたら、すんなりと入れた。まぁ、よかったように思う。

いなり寿司3個と、「おきつねあげ」というのを注文する。「おきつねあげ」は、海苔の上に、醬油をつけてカリッと焼いた薄揚げ1枚のせ、たっぷりのしらが葱をはさんで食べるというものである。

できたて熱々で、これがめちゃくちゃおいしくて、おいしいおいしいと思いながらむしゃむしゃ食べていたら、少し離れた席の老夫婦が、

「あの人食べてるの、なんだろうね、おいしそう」

「店の人に聞いてみよう」

と、店員さんを呼び、

「あちらの方と同じものをひとつ」

と、言っているのが聞こえた。いなり寿司は小ぶりで、パクッと一口。3種類お皿にのっていたが、わさび味が特においしかった。

豊川稲荷は、商売繁盛の神様として親しまれているのだそうで、1月5日、仕事始め、社員一同でお参りに来ている姿もあった。縁起物の熊手を売るお店もある。

腹ごしらえも済み、いよいよ豊川稲荷へ。白いのぼりがずらりと並んで美しい。人の流れとともに歩いていたら、「霊狐塚《れいこづか》」に到着する。きつねの像がびっしり。壮観である。

きつねの前に大きな大きな岩があった。その岩の小さな穴を、みなのぞき込んでいる。のぞき込んでいるだけでなく、木の枝でほじほじ。なにかをほじくり出そうとしているのだった。

なんだろう？

しばらく見ていたのだけれどわからず、ほじほじ中の女性に聞いてみた。

「なにか取れるんですか？」

「お金。お金が入ってるんです」

「えっ？　お金？　もらっていいんですか？」

「そうそう。取り出して、そのお金をお財布に入れておけばご利益があるんですよ」

とのこと。

うーん。ちょっとやってみるか。

しかし、これが全然取れない。小さい穴の奥の奥のほうに一円玉が見えるのだけれど、砂に埋まっている上に、小枝ではなかなか届かない。それをみな、根気強くほじほじしているのである。しばらくチャレンジしたものの挫折する。取れたお金をお財布に入れておいてご利益があったときは、この岩にまたお金を入れに行くのだそうだ。

豊川稲荷をあとにして、途中、昔ながらの喫茶店で一休み。ぜんざいを注文したら、ほどよい甘みの好みの味。塩加減が絶妙である。そうなのだ、ぜんざいは塩加減が重要なのである。自分では作れないけれど……。あずきも大きくほくほくっとしており、今日、この街で食べたもの全部、満点〜と嬉しくなる。よい年明けである。

よくよく考えると、名古屋まで戻って新幹線に乗らなくても、豊橋から乗ればよいのではないか？

駅で気づいてそうしてみれば、東京まで1時間半ほど。なんだ、こんなに近かったのか。まだまだだ。日本にはわたしの知らない場所がたくさんある。今年も出かけていかなければ。

マルの日曜日

日曜日に映画のレイトショーへ。

新宿で9時からなのだけれど、ちょっとぶらぶらしてからと思い、夕方家を出る。

地下鉄の「新宿三丁目」という駅で降りると、いつも吸い込まれるように伊勢丹の入り口まで流されていく。そして、毎度毎度、地下のデザート売り場にあるフィナンシェの店に到着してしまうのだった。

以前、手土産でいただいてからすっかりファンになり、「伊勢丹に行ったらフィナンシェを買うルール」に、わたしの中ではなっている。

が、しかし、2キロほど体重を落としたい、とも思っていて、バターたっぷりのフィナンシェはしばらく我慢。でも……見るくらいはいいかなとショーケースをのぞけば、季節限定のチョコレートのフィナンシェが並んでいるではないか。

同行の彼につぶやく。

「念のため1個買っとくわ」

念のためって、なんのため？

自分につっこみつつ、チョコフィナンシェをバッグに入れ、ようやく地上へと脱出する。

映画館でチケットを買い、座席を確保したあとはお茶の時間。

「あそこでいいよね」

ふたりでよく行く団子屋。毎度、団子の串2本セットを食べるのだが、わたしはここでもまた、季節限定の「栗ぜんざい」。

その後は、しばしの自由時間である。団子屋の前で解散し、1時間後に集合、ということになる。

わたしはインテリアショップをのぞいたり、街をふらっと歩いたり。普段歩かない道でホットケーキの店を発見し、今度、ひとりで行く店リストに登録する（心の中の）。そうだった、もうすぐバレンタインデーである。この前、雑誌を見てリストに入れたチョコレートショップに、今週は必ず行くぞと誓いを新たにする。

そうこうしているうちに集合時間。映画の前に温かいものでも食べようか、とラーメン屋へ。スマホで検索した初めての店である。

「おいしいねぇ」

と言い合って食べて店を出ると、すぐ前に会計を終えていた男性グループの客のひとりが、

「極めて普通の味でしたね」

「ベーシックでしたね」

と、言っているのが聞こえた。そうか、そうなのか。

映画館は混んでいた。『百円の恋』という映画。主演の安藤サクラさんが、初めてボクシングの試合をするシーンがあって、ロッカールームから出てきたときの表情にシビれた。シビれて泣けてきて、映画を観終わったあと、伊勢丹裏の暗い路地を歩き

ながら、シュッシュッとボクシングの真似事。

ビルの間に欠けた冬の月が見えた。けれども、わたしの日曜日は完全なマルだった。映画館で食べたチョコレートフィナンシェも、もちろんおいしかった。

春の訪れ

羽根木公園は梅の名所である。白い梅、紅い梅、合わせて約650本。2月には梅祭りが開催されるので、毎年訪れるのを楽しみにしているのだった。

今年も、梅の開花情報に目を光らせ、待ってましたとばかりに出かけていった。食べ物の屋台も並ぶので、朝食を抜いての出陣である。

羽根木公園は小さな山のような地形をしている。こんもりしていてとってもかわいらしい。その小山の中で、梅は見頃を迎えていた。

「はい、咲きましたよ」

梅の木たちが、控えめな表情で立っている。

1本1本、名前（品種）の札がかけられているので、

「どうも、こんにちは」

こちらも、ペコリと挨拶してまわりたくなってくる。

白加賀、藤牡丹、八重野梅。

どれも梅の名である。ぱっと見、どう違うのかよくわからないものもあるのだけれど、

「あ、これ好き！」

というのもある。

わたしのお気に入りは「養老」という名の一重の梅。楚々としている。はかなげだ。しかし、実は芯が強く、正義感がある。そんなイメージ。

そして思う。

わたしが梅だったとしたら、確実に「養老」ではないだろう。「養老」に憧れるこちゃこちゃした八重タイプの梅のはずである。

こんなふうに、自分を違う世界のものに置き換えてみることがある。

たとえば、もしも、わたしがパンなら？　とか。

オープンな性格ではないので、とりあえずオープンサンドではないのは確かだ。全部見せ、のピザトーストも違う。

かと言って、食パンの潔さもないし、サンドイッチのように、野菜やハムたちとコラボを組むゆとりもない。

どちらかというと、中に具材を隠しているタイプのパンなのかもしれない。クリームパンとか、あんぱんとか。

梅を見ながらそんなことを考えつつ、足は自然に屋台のほうへふらふら。おいしそうな匂いが漂っている。

梅祭りの屋台で、毎年必ず食べるのが「蕎麦がき」。熱々のけんちん汁ふうの椀の中に蕎麦がきが入っている。七味をぱっぱっと振りかけて食べる。

ああ、春が来たなぁ。

桜が咲けば咲いたで、また同じセリフをつぶやくのである。

Ｗｉ-Ｆｉ接続

ついさっき、渋谷のアップルストアに行って聞いてきたのである。

なにを？

外のカフェなどでパソコンをネットにつなげる方法である。

聞いていると、とても簡単そうだった。

「わかりました、ありがとうございます」

店を出てから、仕事の打ち合わせ先のホテルのカフェに向かう。打ち合わせは滞りなく終了し、

「あ、わたし、ちょっとここで仕事していきますんで」

な〜んて言って、今、ひとりでこうしてノートパソコンを開いているわけである。

わからない。

Ｗｉ-Ｆｉの接続がわからない。

なんか、パスワードみたいなのをお店の人に聞けば教えてくれる場合とか、カウンターとかにステッカーが貼ってあって、それになんか書いてある場合とか、いろいろある、と、アップルストアのお兄さんは言っていた。

どうしようか。手をあげて、係の人を呼び、

「インターネット使いたいんですけれど、パスワード教えてください」

って言っていいのだろうか?

このセリフにおかしなところはないのだろうか。不安で行動に移せない。

高級ホテルである。わたしのまわりに座っている客もスーツ姿の男性が多く、政治家っぽい人々、白髪の大会社の会長みたいな人もいたりして、わたしのようにリュックサックでやってきた人はいない。

いや、しかし、リュックサックとはいえ、今日の足元は革靴であるし、折り目のついた黒いパンツに、白のVネックのニットという、オーソドックスな服である。そこまでカジュアルでもないので、この空間で浮いているということもない。

とりあえず、手持ちのスマホで検索して調べてみるとしよう。

「○○ホテル　Wi-Fi環境」と入力してみた。

ユーザーネームとパスワードが必要です。

だそうだ。

やはり、手をあげて聞かなければインターネットは使えないようだ。ユーザーネームって、わたしの名前なのだろうか？　ユーザーネーム関係のことは初耳だった。

隣りの席の男女のテーブルからは、

「今日の味方は、明日の敵」

というセリフが聞こえてきた。なんの話なんだろうか。恐ろしい。

遠くの白髪の会長のテーブルは、どんどん人が増えていき、最初3人だったのに、今は7人になっている。

早く、Ｗｉ‐Ｆｉについての謎を解きたいが勇気が出ない。とりあえず、ここでチャレンジすることはあきらめよう。2時間後にフルーツパーラーで打ち合わせがあるので、そこで仕事先の人に聞いてみることに決め、ひとまずパソコンを閉じる。

が、また開いた。後ろの席の客が帰っていったので、もうすぐ係の人が食器を片付けに来るはず。そのときに、さりげなく質問するのはどうか。

そう思って待っていたら、やってきた係の人は外国の女性で、気後れして声をかけられなかった。

白髪の会長が帰っていった。みな立ち上がって挨拶している。会長は、このホテルのカフェに何回も、いや、何万回も来ているのであろうが、Ｗｉ-Ｆｉ環境について考えてみたことはないのだろう。

「田中君、頼んだぞ」

秘書に一声かければ万事ＯＫなのだ。

孤独だ。キーボードをこんなに速く打てるというのに、わたしは、今、ここで通信することができない。すぐにメールでこの原稿を送り、編集者にパソコンカフェデビューしたことを伝えてみたい。

せっかく打っても、夜、帰宅してから送信ボタンを押すのだと思うと、もどかしい。

偶然、知り合いでも来ないだろうか？　そうしたら、聞けるのになぁ。

しかし、どう思われるだろう。

高級ホテルのカフェで、ノートパソコンを開いて気取っていたかと思えば、Ｗｉ-Ｆｉの接続がわからないのである。

家でやれよ！

と、口に出してつっこんでくれるほど仲良しの知り合いならいいが、心の中でつっこむ程度の知り合いなら、相当に恥ずかしい。

もう1杯、コーヒーを注文してみるという手を忘れていた。そのときに聞くのはいいアイデアである。

難点は、このホテルのコーヒーの値段が、おそらく１２００円くらいしそうなことである。食パンが何個買えるかを考えると、無料のＷｉ-Ｆｉのために贅沢しすぎとも思える。田舎の母に知れたら、「いい加減にしなさい」と怒られるはずだ。

それにしても、このホテルの空調はとても良い。外は花粉地獄だというのに、ここに来てからは、目もかゆくなければ、鼻もグズグズしないではないか。

Ｗｉ-Ｆｉさえ解決すれば、明日から、ここに仕事をしに来てもいいくらいだ。

やった、ついにやった！

今、ふらっと横を通った接客係の女性に、

「Wi‐Fiってどうすれば……」

と、言ってみたら、「今、パスワードをお持ちします」となにかを取りに行ってくれたのである。

「こちらです」

と、渡された紙には、暗号のようなものがいろいろ書いてある。一体、どれを入力するのだ。わからない。適当にいろいろ入力していたら、

「情報が漏洩する場合もあるがよいか？」

みたいなことをパソコンが聞いてきた。あわててパソコンを閉じる1秒前である。

札幌ひとり旅

3月末の札幌は、厚手のコートが必要な肌寒さだった。日陰にはまだ雪が残っていた。

なんの予定もなく、3泊4日の札幌ひとり旅。花粉から逃げ出してきたのである。

新千歳空港に到着したのは3時過ぎ。腹ペコだったので、空港内にある「北海道ラーメン道場」というエリアで、みそバターラーメンを食べる。

腹ごなしに、空港のお土産エリアを散策する。新千歳空港のお土産エリアは、とにかく広い。そして楽しい！　帰りの飛行機の時間を気にしなくていいので、思う存分ぶらぶらした。結局、3時間くらい空港にいたんじゃないかと思う。

広いフードコートもあり、そこでも休憩してみた。うどん屋、バーガー屋、アイスクリーム屋など、たくさんの店が並び、買ったものを好きな席で食べることができる。わたしはホットコーヒー。窓からは、飛行機が離陸していく様子が見渡せた。

フロアには、たえずアナウンスが流れていた。フライトの案内である。日本語のあとに、英訳が入る。

初めての海外は短大生のときで、「研修」という名の観光旅行だった。イタリア、フランス、イギリスの3カ国。自由参加だったが、成人式の着物はいらないからと、親にお金を出してもらった。

旅行するにあたり、スーツケースをどうするか。

家族の誰も海外など行ったことがなかったので、当然、家にあるはずもなかった。買っても、狭い我が家に収納するスペースはない。

レンタルしている店がある、というのを母がどこかで聞いてきて、ふたりで借りに行った。歩道にまでものがあふれ、レンタル品なのか、置いているだけなのか、もしくは捨てるものなのかわからない、そんな店だった。そこで水色のスーツケースを借り、母の自転車の後ろに載せ、ふたりで歩いて帰った。

背中に夕日が当たり、わたしたちの前には長い影が落ちていた。友達に会わないかと、内心ヒヤヒヤしていた。見られたくなかった。おんぼろのスーツケースを母と持ち帰るわたしには、海外旅行など身の丈に合っていないと思った。

これは一生に一度の贅沢なんだ。

それくらいの気持ちで挑んだ初海外旅行だった。

コーヒーを飲み終え、ようやく、札幌市内に向かうことに。窓の外はすっかり暗くなっていた。「さて」と、つぶやき、フードコートの席を立ったそのとき目撃してしまった。向かいの席で30過ぎの女性が、ひとり、生ビールを飲んでいたのだけれど、つまみは、なんとソフトクリーム。

ビール&ソフトクリーム！

空港には、めちゃくちゃ気ままな風が吹いていた。

円山動物園に行ってみようと、昼前にホテルを出た。街にはところどころ雪が残っているものの、手袋までは必要ない感じである。

大通りを歩いているとき、ふいに、ビビビーッときた。

おいしいパン屋だ！

店構えでわかっちゃう。ビルの1階にあるその店からは、「おいしい光線」がピカピカと発せられていたのだった。

とにかく買おう。買って、動物園のベンチで食べるのもいい。ホテルに朝食はついていなかったのでちょうどよい。

店内には焼きたてパンがずらり。サンドイッチもピザもある。目移りして選べない。甘いのと、辛いのをバランス良く。しかし、どうしよう、ラスクもあるし、スコーンもある。あと2泊するのだから明日また来ればいいのだけれど、気軽には選べない。自分との勝負である。迷いに迷った結果、買ったのはミルクフランスとあんバター。甘いパン2個という謎めいた選択になってしまった……。

パンをぶら下げ、ずんずん歩く。あとになって、円山動物園までは地下鉄とバスを利用するのが正解、と判明するくらい歩くハメになるのだが、特に予定もなかったので、いい運動になったとも言える。途中、近代美術館の前を通ったので入ってみた。展覧会は観ず、2階の休憩スペースで買ったパンを食べる（思った通りおいしくて、この旅で毎日行くことになる）。庭がかわいい美術館だった。

円山動物園は山のほうにあるので、園内にはまだ雪が積もっていた。寒さに強いエゾシカやオオカミたちがしっくり馴染んでいる。

特にオオカミ。

小さな女の子が、

「これ犬なの？　怖い」

と、父親に言っているのが聞こえた。雪の中で見ると、ものすごい迫力だった。

夕食はガイドブックに載っていたおいしいスープカレーの店へ。夜はホテルのテレビで、羽生善治さんと、チェスの元世界チャンピオンの対談番組を見る。羽生さんの「本当のこと」を語られている佇まいが好きだ。テレビに出演されるときは録画してでも見ている。

パン・オオカミ・スープカレー・羽生さん。完璧な流れを崩さないよう、明日も札幌を満喫しよう！　と眠りについた。

新聞を買ってホテルを出る。札幌ひとり旅、3日目。時刻は午前10時30分。
行き先は決まっている。昨日見つけたパン屋。どれを買おうかな～と弾む足取りで

ある。

しかし、買ってもそのパン、すぐには食べない。なぜなら、まずはスープカレーを食べる予定だからである。スープカレーの野菜は、ごろりごろりと大きめ。カレーというより温野菜サラダくらいの量の野菜を食べられるので、朝ご飯にもってこいと考えたのである。前夜もスープカレーを食べたのだけれど、いそいそと雑誌に載っている別のお店へと向かった。買ったパン（クリームパン）は、その後、どこかで食べる「おやつ」用である。

さて。ひとり旅で、レストランに入るのが億劫なときのコツ、というものがある。とっても簡単。開店時間に入るのである。朝の11時オープンなら11時に。夕方17時オープンなら17時に。一番乗りだからもちろん空いているし、席につくときもまわりの客がいないから気楽である。料理にしたって、他の客の次ということがないわけだから早く出てくる。店が混む前に「ごちそうさまでした〜」となる。

この日も一番乗りでスープカレー屋へ。さくっと食べ終え、店を出て腹ごなしの散歩。感じのいいカフェを見つけ、コーヒーと新聞でほっこり。そのまま2時間ほどそこで本を読んだり原稿に向かったり。カフェを出て再び散歩へ。

冬のパリのようだ。と、思った。薄曇りの札幌の街。道路が広く、ゆとりがある。カフェがたくさんある。おいしいパン屋もある。エッフェル塔（さっぽろテレビ塔）もある。憂いがあって美しい。

パリといえば、短大の研修旅行で初めて訪れたとき、シャンゼリゼ通りのカフェに入ったのだった。自由行動の一日。友達3人と勇気を振り絞った。

席まで案内され、赤い表紙のメニューを開いた。しかしながら、読めるはずもない。

「これとこれとこれください」

適当に指を差した。

なにが出てくるんだろうね？

わくわくしながら待ったことは覚えているが、なにが出てきたのかは覚えていない。

でも、なにかを食べて、日本語で「ごちそうさまでした、おいしかったです」とメモを書き（自分たちの似顔絵入り）、はしゃぎながら店を出たのを覚えている。

記憶って不思議である。袋に入ったマカロニを、強引につなげて1本にしているみたい。

札幌。

カフェ、散歩、カフェ、散歩を繰り返す楽しい一日！ 朝買ったパンはタイミングを失い、結局、夜、ホテルの部屋で食べたのだった。

ひとつの街だけで完結する旅には、日常のエキスが入っている。

昨日行ったパン屋にまた行く。

おととい行ったカフェにまた行く。

この道も歩いた。

あのコンビニで新聞と水を買った。

ちょっとだけ、「ここに住んでいるわたし」になり、もうひとつの人生を生きている感覚を味わえる。

3泊4日の札幌旅もいよいよ最終日。朝食は決めている。サンドイッチである。朝から営業しているコーヒーとサンドイッチの店があるというので、早起きして出かけていった。

大通公園近く。ビルの地下へと下りていく。どんどん下りる。なんと地下3階。本当にあるのかな？　と心配になる頃にひょっこりと店があり、結構、混んでいた。満席に近いくらい。出遅れたか？　何席か空いているうちのひとつに案内されて、ひとまずホッとする。

しかし、メニューを開くと、これまた大変！　サンドイッチの種類が盛りだくさんなのだ。いろいろと組み合わせができるので、真剣に考えなければならない。タラバガニサラダ、スモークサーモン、メンチカツ、ポテトサラダ、えびカツ、ツナ、などさまざまなサンドイッチがある。

脳内会議の末、わたしはフルーツサンド&たまごサンドの組み合わせ。有名店のようで、地元の人はもちろん、観光客らしき人々も。おいしいなぁ〜と思いながら食べ終えた。

幸せな気持ちで地下3階から地上に出れば、さっぽろテレビ塔がそびえていた。時刻は午前10時。飛行機まで充分時間はある。

展望台、のぼってみるかな。

さっぽろテレビ塔の真下まで歩いていくと、老夫婦が大喧嘩していた。ふたりともリュックサックを背負っているので観光なのだろう。夫のほうがカッカと怒鳴っているが、黙っている妻のほうも「言い返す用意はできている」という顔で立っていた。

彼らを横目に中に入りチケットを買う。エレベーターでさっぽろテレビ塔の展望台へ。

札幌の街が一望できた。大倉山には雪がかかっており、白って美しい色だなぁと思う。

そういえば、小学校の図工の時間に先生が言った。

「白という色は、どんな色を混ぜても作ることができません」

あの日、わたしの小さなからだに電気が走った。白の偉大さに感動したのだ。それは、黄色と青色の絵の具を混ぜたら「緑」になったとき以上の感動だった。

展望台には、15人ほどの高校生の男の子の集団がいて、そのうちのひとりが、「あのおじさんたち、まだ喧嘩してる！」と言ったのが聞こえた。地上（真下）に豆粒サイズの老夫婦が見えた。

「え、まだやってんの？」

他の子たちも大爆笑。彼らも入ってくるときに目撃していたのだ。

まさかと思ったけれど、30分後、下に降りても、まだ同じ場所で彼らの喧嘩はつづいていた。一転し、奥さんが優勢になっていた。

そんなこんなのひとり旅。

新千歳空港で、自分土産にチーズと出汁昆布を買い、東京へと戻ったのだった。

ある日の夕暮れ⑦

よそん家の
晩ご飯の匂いを
つい探している

時間配分

人間に寿命があるように、太陽にも寿命があるらしい。およそ50億年後なのだそうだ。

太陽にまで寿命があるというのに、わたしは毎日、毎日、8時間近く眠っている。自分の人生の時間配分が不安になってくる。

それで、あっちも、こっちもと手をつけて、仕事机の上が、進行中の漫画でとっ散らかっている。そのわりに、明日の英語のレッスンまでに、単語を10個覚えてくる宿題、というのには、手が出ないのだった。

近年、渋谷で出会う海外からの観光客の数はすごい。

ハチ公口のスクランブル交差点は、昼も夜も観光客であふれている。ガイドブック片手に、目的地に向かう人々。ひょいとページをのぞけば、回転寿司や、とんかつのお店にマルがついていたりする。居酒屋を探し歩いている集団もいて、それぞれ、日本でよい思い出を作って帰ってくれればよいなぁと思うのだった。

なので、時間があるときは、道に迷っている外国人に声をかけることもある。

「わかりますか？」

日本語で声をかける。「Can I help you?」などと言ったりはしない。英語ができる人、と勘違いされかねないではないか。まずは日本語で声をかけ、英語はできないんだけど、それでも、なにかあなたのお手伝いをしたかった！という立ち位置でいることが重要。そこに、温かな時間が流れていく。

単語とジェスチャーを駆使して、地下鉄の乗り場を教えてあげたり、または乗り場まで案内したり。

「サンキュー！」

「バーイ！」

別れたあと、わたしにもちょっとしたご褒美がある。

「乗換駅って、結局、英語でなんて言うんだっけ？」

さっきはわからなくて、「チェンジ！　チェンジ！」とマップを指差したけれど、スマホで検索して復習する。

「へぇ〜、乗換駅は、transfer station か〜、覚えとこ」

まぁ、忘れることも多いけれど……覚えることもあり、家の机ではできぬ、泥臭い英語レッスンである。

月に一度の至福のひととき

月に一度、全身アロママッサージを受けているのだった。

ほぼ素っ裸の状態で、裏と表を合計90分。至福のひとときである。

まずは、ゆっくりと下半身から。ベッドにうつぶせになり、カチカチになっているふくらはぎを揉みほぐし、足の裏のゴリゴリもとってもらう。お尻、背中、肩が終わると、ひっくり返って、表面。お腹や、デコルテはもちろん、ここのお店はバストまでみっちり。もちろん、施術者は女性である。帰り道は、ドラえもんみたいに、地面からちょっと浮いて歩いているような軽やかさだった。

中学校の2年生になった頃だろうか。

友達のおっぱいを、後ろから揉む、というのが女子同士で流行した。

「だ〜れだ」

と言いつつ、休み時間の教室や、移動中の廊下で、突然、胸をモミモミするこの遊び。今から思えば、男子生徒たちをクラクラさせていたのではないか？

あの頃のわたしたちのおっぱいは、固かった。触れただけでも痛かったから、揉まれると、みな身悶えしていた。ヘンなブームである。

爪を磨くブームのときは、ひたすら爪を磨いた。

休み時間になると、机の中からサンリオキャラクターの爪磨きを取り出し、一心不乱に磨きまくった。たしか、磨き方が3段階になっていて、粗削り、整え、仕上げ、みたいに手間がかかった。なので、1〜2時間目の休み時間は粗削り、3〜4時間目の休み時間は整え、午後にようやく仕上げ。それくらい丁寧にやると、女子の爪はマニキュアを塗ったみたいに輝いた。

「やりすぎるとツメが薄くなるで！」

先生たちに注意されても、だから？　くらいの気持ちだった。

若いし、爪なんかいくらでも伸びるもーん。

わたしは、先生たちのことが本当に、本当にかわいそうだった。もう未来の国に来てしまっている悲しい人たち。未来がないって、どんな気持ちなんだろう？　なんの楽しみもない。

しかしながら、未来というのは「遠く」とは限らず、1ヶ月後も未来なのであるぞ！　と、わたしは当時のわたしに言ってやりたい。月に一度の至福のアロマアッサージ。それが明日にせまっている。

育ててみればわかる

「インゲンの苗いる？」

と、友達からメールが届く。去年、プランターでプチトマトを育てたのが楽しかったので、すぐに返信する。

「欲しい！　エンドウ豆大好き」↑ここから豆がおかしくなっていく。

しばらくして、再び友達からメール。

「ミリちゃん、エンドウ豆じゃなくて、キヌサヤだけどいい？」↑また豆が変わる。

わたしは返信する。

「欲しいです！」↑もうなんでもよくなっている。

しばらくして、その友達が苗を一株、持ってきてくれた。

「で、結局、なんの豆だったっけ？」

確認してみれば、「忘れた」とのことで、

「豆は豆だよね、育ててみればわかるよね～」

なんて言って、別れたのだった。


子供の頃の記憶が鮮明ですね、と言われることがある。が、抜け落ちている記憶も、むろん、たくさんあるのだと思う。その好例が、アサガオ観察である。

夏休みの宿題で、観察日記をつけさせられたはずだが、ほとんど覚えていないのだった。うすぼんやり記憶にあるのは、団地の廊下に鉢を置いていた光景くらい。

柳澤桂子さんのエッセイ集『二重らせんの私』（ハヤカワ・ノンフィクション文庫）の中に、子供の頃のエピソードとしてこんなことが書かれている。

「草や花は、なぜ自分から動かないのだろう？　なぜ声を出さないのだろう？　私は、いつまでもいつまでも草花の上にかがみこんだり触ったりして時を過ごした」

のちに、柳澤さんは科学者になるわけだが、やはり、幼少時代から草花や昆虫に対して、強い興味を示されていたことが、この本を読んでいると伝わってくる。

思い返せば、子供の頃って、とにかく自分のことで手一杯だった。だから、クラスメートたちが、どんなことにこだわっているのか気づかなかったけれど、でも、いたはずである。ものすごい情熱でアサガオ観察をしていた子。きっとそこには、美しい「気づき」がしたためられていたに違いない。

ところで、友達からもらった苗である。

どんどん生長し、ある朝、ひょろりとしたインゲンがなっていた。

欲しいもの。たとえば傘

欲しいものが手に入らない。

たとえば、傘。

新しい傘を買おうと思って家を出たのである。新しい傘は無地にしようと決めていた。

柄物の服を着ているときにさしても、がちゃがちゃして見えないのがいい、というのが理由である。色は赤。さしたときに、顔色が明るく見えそうだ。

そして、その日、わたしがデパートで購入した傘は、赤色ではあるが無地ではなかった。思いっきり柄物。チェックの赤い傘である。半額だったのだ。

わたしは店頭で自分を説得した。

「これは欲しかった無地の傘ではないが、色が赤、という点はクリアしているではないか」

己に説得され、チェックの赤い傘を持ち帰ったのだった。

またある日。

古くなったので、新しいル・クルーゼの鍋を買おうと家を出たのである。色はこれまでと同じ赤にしようと決めていた。赤い鍋は料理がおいしそうに見えたし、キッチンにあってもかわいらしかった。

しかし、結局、わたしが買って帰ったのは灰色だった。商品入れ替えのため、20パーセントオフだったのだ。

わたしは、またもや店頭で自分を説得した。

「ル・クルーゼの鍋は、そう買い替えたりしないものだし、欲しい色を買うべきなのはわかっている。しかも、黄色やオレンジならまだしも、灰色って……。でも、まあ、機能的には同じだからねぇ」

またある日。

わたしは今治ブランドのふわふわのバスタオルを買おうと出かけていったのである。ここから先は似たような展開なので省略するが、こんなふうに、自分の意志の弱さのせいで欲しいものが手に入らないと、人生的にはどうなるのか。

「こだわりの暮らしをしている人」には、永遠になれないのである。

腕を組んでみてください

中・高時代のクラスの集合写真。見返してみれば、みんなの緊張具合がいい感じである。美人に、あるいは、イケメンに撮ってもらいたいという気持ちはあふれんばかりなのに、ちょっとぶっきらぼうな表情も入れ込み、大人の世界に向かって、もの言いたげにしている。

写真といえば、インタビューなどで写真を撮ってもらうことがある。

カメラマンの指示にしたがい、ここに立ってくださいという場所に立ち、レンズを見る。

もっと歯を見せて笑ってください、と指示が出ることも。しかしながら、歯を見せて笑ってなくてもいいかなと思って、口を閉じて笑う。じゃ、ま、それでいいか、と見逃してくれるカメラマンもいれば、絶対に撮ろうとする人もいる。話しかけてきて、わたしが笑いながら返答した瞬間をパシャリ。

「ちょっと、そこの壁に寄りかかって、腕を組んでみてください」

と言われることもある。

わたしはポーズを取るのが恥ずかしい。

「恥ずかしいんで、このままでいいですか？」

正直に、朗らかに、お願いするようにしているのだが、ここでも、あきらめるカメラマンもいれば、あきらめない人もいる。それぞれ流儀があるのだ。

「遠くの景色を見てください」

との指示で、遠くを見ている表情を撮影、という場合もあるが、遠くを見るポーズをしている自分自身に「おいおいおいおい、なんのつもりだ」と、つっこんでいる。できれば、遠くは見たくない。が、場の空気というのもある。大人の世界だ。

「もっとリラックスして、肩の力を抜いてください」

アドバイスされれば、わたしは、言われた通り、肩を回してみたりするが、本当言うと、緊張した顔でつっ立っているくらいがいいなぁ、とも思っているのだった。雑誌などで、そういう作家の写真を見かけると、なんか、好き、かたい感じ！　と見入ってしまう。それはどこか、学生時代のクラス写真のようだった。

真夏の午後5時「どっか行こう」

池袋で芝居を観て表に出る。午後5時。陽はまだ高い。どっか行こう、ということになり、うちの彼と協議（立ち話）が始まる。大人なので、一旦、カフェにでも入ればよいのだが、「どっか行こう」というとき、わたしは、たいてい、遠くに行きたい。なので、遠くに行ってから休憩したいのである。

池袋には地下鉄の有楽町線が通っている。それを利用し、ディズニーシーに行くことも可能だ。可能なだけで、池袋から舞浜までが近い、というわけではない。確実に、40分以上はかかる。しかし、それがなんだというのだ？　大阪の実家に住んでいた頃なら、ディズニーシーは1泊2日の場所なのだ。

本当言うと、わたしは宇都宮くらいまで行きたいのである。急いで行けば、夜ご飯に宇都宮の餃子を食べられるよなぁと思う。しかしながら、2時間芝居を観たあとに、また長々と電車、というのは一般的には敬遠される気がする。個人的にはまったく平気なのだけれど……。

　ふと、「江戸東京たてもの園」で夕涼み、みたいなイベントがあることを思い出した。それがこの夜だったかはさだかではなかったが、とりあえず提案してみた。

「江戸東京たてもの園、行こうよ。池袋界隈（←適当）だしさ」

　ちなみに、「江戸東京たてもの園」というのは野外博物館である。江戸時代から昭和初期までの民家や商店などが復元されており、『千と千尋の神隠し』のモデルになった古い銭湯などもある。ひとつの街のようになっているので、夕涼みしつつ、そぞろ歩くにはもってこい。

　が、提案は通らない。ぜんぜん池袋界隈じゃない、というのが理由である。池袋界隈じゃなくても東京都内なんだし行けるじゃんか、と思いつつも、夕涼みイベントは、翌週だったような気がしてきて、

「だよね～」

　一旦引き下がる。池袋界隈でない、という点ではディズニーシーも同じなので、もう言い出しにくい。

真夏の午後5時はまだ暑い。早く行き先を決めなければ、「とりあえず東急ハンズ行く?」みたいな流れに持っていかれてしまいそうだ。しょうがない。家を出るときから、最終手段として残しておいたあそこにするか……。

「じゃ、サンシャインの水族館(池袋)行こう」

遠くに行く希望は叶えられなかったが、夏のサンシャイン水族館は、なかなか楽しいことが、このあとわかるのである。

未来都市は、車が空を飛ぶのである。小学生の頃に思い描いた未来も、大人になって観たSF映画も、近未来は、たいてい車が空を行き交っている。

しかしながら、2015年現在。車が空を飛んでいる都市は、ない。少なくとも、わたしの生涯には間に合わないだろう。

が、間に合った別の未来が、池袋にあったのである。

リニューアルされた池袋のサンシャイン水族館。遅ればせながら行ってみれば、ちょっとだけ、昔、夢見た未来都市のようだった。

ビルの屋上の水族館というだけで、すでにまぁまぁの未来都市なのだけれど、新しく導入されたドーナツ状の空中水槽は、かなりの未来感である。

ドーナツ水槽の中でアシカが泳いでいた。ぐるぐるまわって泳いでいる姿を、真下から見上げることができる。昔、こういう絵を描いた気がするなぁ。

水族館ではちょうどビアガーデンが開催されていたので、ドーナツ水槽の真下でちょいと生ビール。暮れゆく空を見上げつつ、アシカを眺める。

「昔の世界からタイムスリップしてきたみたい～」

しばらくすると、アシカが小屋に帰っていった。と思ったら、ペンギンが投入される。ドーナツ水槽を泳ぐペンギンたちに、みんな大喜びである。

夕焼けが終わり、星が瞬き始めた頃、

「じゃ、そろそろ水族館も見ますかねぇ」

屋外ビアガーデンを後にして水族館に入れれば、ほろ酔いのせいか、水槽の魚たちまでワイワイと楽しげに見えたのだった。

痛い靴のはき方

靴を探してさまよい歩いている。合う靴が見つからないのである。欲しいのはお出かけ用。ちょっとご飯、というときにステキに見える靴をいつも探しているのであるが、なかなか出会えない。

今年の夏も、「あ、ステキ」と思って、お店でしっかり試着して買ったのに、自宅から駅まで歩く間に、もう靴擦れ……。バンソウコウで応急処置をしたものの、その日は結局、痛い思いをしなければならなかった。

街中では、先がキュッととがった靴とか、9センチくらいあるヒールをはいている子もたくさんいる。あの子たちは、ぜんぜん痛くないのだろうか？

洋服の買い物をしているときに、お店の女の子に聞いてみた。彼女は恐ろしくとがったパンプスをはいていた。

「ね、そういう靴って、痛くないの？」

彼女は言った。

「え、普通に痛いですよ」

あ、そうなんだ。彼女いわく、痛い靴は、最初は一日2時間、3時間と決めて長くははかず、慣れてきたら、半日、一日と延ばしていくのだそうだ。それでも、全然痛くないわけではなく、でも、かわいいからガマンしてはいていると言っていた。

むろん、その気持ちもわかる。わたしだってそういう経験だらけ。でも、かわいいけど痛い靴って、やっぱりヘンだと思う。

そのせいか、刑事役の女優が、パンプスで犯人なんかを追いかけているシーンを目にすると、

「足、痛いだろうな……」

役柄よりも、本物の彼女のほうが心配になるのだった。できれば、スニーカーとか、べたっとした健康靴で走らせてあげたくなる。

健康靴といえば、楽なのでわたしは普段、ドイツの健康靴「ビルケンシュトック」をよくはいているのだが、以前、ドイツに旅行したときにびっくりしたことがある。

田舎町の小さな薬局の片隅に、ビルケンの靴がガサッと積み上げられていたのだ。ちょうど、ご老人が試着をしているところだった。

日本では、デパートなどで整然と売られているビルケンの靴。それが、薬局の白衣のおばあさんによって、地元のおじいさんに売られていた。わたしが見たのがたまだった、という可能性もあるが、あれは素朴でよい光景だったなぁ。心地いい靴で、森へ散歩に出かける姿を想った。

靴を探す旅つづき

靴を探す旅はつづいている。靴擦れしないお出かけ用の靴を探しているのだった。

わたしの場合、靴擦れするのはいつもくるぶしの下。中敷きを入れて調整してもらったりもするが、あまり効果がない。最初に痛い靴は、結局のところ自分の足には合わない、というのが持論である。

先日、街で小さな靴屋さんを見つけた。オシャレだった。そして、高そうだった。

ひるみつつも、えいやっと入ってみた。

「あの、いろいろ試してみたいんですけど」

ひとりしかいない若い女性の店員に言ったところ、

「いろいろと言われましても、どういうスタイルの服に合わせたいかにもよりますし」

足に合うものだったら買います、という意気込みだったのだが、ビジョンなしには試着も難しいようだ。ムムム、手強い。

「シンプルなパンツに合わせたいので、これなんか……」

黒いショートブーツを指差してみたところ、

「そちらは、ボーイッシュな感じになりますから、お客さまのイメージとはちょっと違うかもしれません」

どうやら、ボーイッシュなものは似合わないと判断されたようだ。

「えっと、じゃあ、こちらを……」

別のデザインのショートブーツを指差してみたら、やっと足のサイズを聞いてもらえた。

ブーツが運ばれてきた。イタリア製なのだそうだ。丁寧に作られてあるのだそうだ。

イスに座ってはいてみた。

包まれるような安定感だ。足首が驚くほどほっそり見える。かかともぴったり、つま先も当たらない。いいじゃん、いいじゃん！　立ち上がって鏡を見ようとしたところ、立ち上がれなかった。いや、なんとか立ち上がることはできたが、靴の革が硬くてスネにくい込んでいる。

「スネが痛くて歩けません〜」

と、わたし。

「最初は痛いですが、3回くらいはけば馴染みます。みなさんそう言います。これは育てていく靴なんです」

とのこと。お似合いです、とも言われる。

でも、3回もがんばる勇気が出ない……。「ちょっと考えます」。店をあとにしかけたが、恐る恐る、ボーイッシュなブーツも試してみたいと頼んでみた。

奥から出してきてくれた。はいて鏡の前に立ってみたところ、まったく似合っていなかった。

バームクーヘン物語

「なに食べる？」

を考えるところから、もう映画だったんだと思う。

会社員をしていた頃、仕事帰りにときどき同僚たちと映画を観に行くことがあった。

そんな日は、昼ご飯の時点で、映画館の中でなにを食べるかで盛り上がった。

焼きたてパン、サンドイッチ、ハンバーガー。

あ、おにぎりもいいね。いや、待て、買ったパンに揚げたてコロッケをはさむという手もある。

デザートはどうする。新発売のチョコレート。クッキーにバームクーヘン。なにがいいかなぁ〜。決められないよ。

バームクーヘンといえば、短大時代、しょっちゅう、3時のおやつにコンビニのバームクーヘンを食べていたので、

「ミリ、そろそろバームの時間やで！」

友達から面白がられていたものである。

子供の頃からバームクーヘンが好きで、今でもたまに食べたくなる（先週も食べた）。

バームクーヘンは、味はもちろん、手触りもいい。ちょっとカサッとした感じ。べロア調の生地を見ると、わたしはなんとなくバームクーヘンを思い出してしまう。一転、内側の円の表面はツルッとした雰囲気。指でなぞってみたくなる。

バームクーヘンを半分に割るときの、「どういう比率になるか」の、わくわく感もいい。割った瞬間から、左右それぞれに「人格」のようなものが出てきて、わたしはいつも長いほうから食べる。「安心しろ！」。短いほうに加勢するのだ。

バームクーヘン物語はこのへんにして、映画館に話を戻したい。

最近、映画館では飲食物の持ち込みに厳しくなってきた。館内で売っているものしか食べられないシステムである。

先日も、外の店で買ったジュースを手にしていたら、入場時に注意された。

「他店の商品のお持ち込みはご遠慮いただいております」

わたしの前後の人もドリンクを持っていたのだが、なにも言われなかった。館内の商品かどうかを、係の人はすばやくチェックしているのだろう。大変だ……。しょうがない。今後は映画館の売店の充実を夢見ることにする。フレッシュ・ジュースタンドとか、焼きたてバームクーヘン工房、なんてのができればかなり嬉しい。

わたしの夜

まだ会社員をしていた20代の頃、ひとり暮らしがしたくて、実家のすぐ近くのワンルームマンションを借りて暮らしてみたことがあった。

夕飯は実家だったし、洗濯はマンションの1階にあるコインランドリー。家事の負担もなく、憧れのひとり暮らしは、信じられないくらい快適だった。

そして、夜、女友達からの電話が増えた。

気兼ねなく電話をかけてよい奴ができた！

というので、あっちから、こっちから、ドシドシかかってくるのだった。

2時間、3時間と話し込むこともあった。どうでもいい話が大半だったけど、まじめな話もしたはずである。かかってくるのを受けるのだから、電話代もかからなかった。

友との電話は楽しかった。今日はゆっくりしたいのになぁ、という夜も、友達からの電話に出ないなんて、考えられなかった。わたしは受話器を取りつづけた。

そして、次第に、疲れてきた。

将来について、友達としゃべればしゃべるほど、

「ホントにわたし、今、言ったことが本心？」

微妙なズレが出る。

友達が、将来の不安を口にするのを「ふん、ふん」と聞きながら、わたしは、もう自分の将来の不安は口にしないでおいた。そして、ひとりになったときにもんもんと考え、東京に出てみようと決めたのだった。

上京と同時に、「がんばりたいし、電話もあんまりできないかも」と、やんわり宣言し、わたしの夜は、長く、大きく、豊かになった。

どこか遠出しようか

文化の日だから、文化的な日にしよう。

というわけで、11月3日は映画を3本観に行くことに。綿密に時間割を決め、昼過ぎに家を出た。

秋だ。いい天気だ。自転車で駅に向かいながら、なんだか旅に出たくなる。

「映画じゃなくて、どこか遠出しようか」

飛び乗った地下鉄の中で、同行の彼と会議に入る。横浜もいいし、栃木も気になるねと迷っていたところ、沼津が浮上する。深海魚だけを集めた変わった水族館があると、ニュースで見たことがあったのだった。その名も「沼津港深海水族館」。

「そうだ、沼津へ行こう」

スマホで調べてみると意外に近い。東京駅から新幹線「こだま」で三島までは1時間。在来線に乗り換え、10分もかからず沼津である。

というわけで、東京駅でおつまみやおやつを買い、食べ終えた頃にはもう三島だった。


せっかくなので、三島も観光していくことに。

川沿いの道をのんびりと散歩しつつ、三嶋大社へと向かう。

精悍な雰囲気の神社だ。落ち着いて、すっきりしている。本物の鹿もいる。境内の茶屋で草餅を食べ、参道に出ると、「みしまコロッケ」の旗がはためいていた。

三島産のメークインを使ったコロッケを「みしまコロッケ」と呼び、町おこしをしているようだ。

みしまコロッケ。揚げたてを売るお店でひとつ買って食べてみる。外はサクサク、中はマッシュポテトみたいにとろ〜り。ちょうど祭りの屋台も出ていたので、そこでも買って食べてみたら、やはりサクサクとろ〜り。めちゃくちゃおいしかった。

三島の街を流れる川は澄んでおり、緑の水草がゆらゆらしている様子が美しい。

川沿いの家々は、それぞれ小さな橋を渡って玄関にたどり着くようになっている。

「いいなぁ、マイ橋」

あの家がわたしの実家なら……と想像しつつの帰り道。子供時代、夏はマイ橋の上で花火をし、雪が降れば、雪だるまを並べたはずだ。木の葉の舟を流して、友達と競い合ったりもしたのだろう。

どこかの街を、「住んでいる気持ち」ではなく、「住んでいた気持ち」になって歩くのは楽しい。存在しないはずの思い出が、ほんの少し自分の思い出になっている。

三島観光を終え、目的地の沼津へ。

沼津駅構内の観光案内所で、「沼津港深海水族館」までのバス乗り場を教えてもらうものの、ちょうどいい時間帯のバスがなく、結局、タクシーで。

運転手さんに質問する。

「富士山って、この街から見えるんですか？」

見えます、とのこと。「見えるとしたら後ろですよ」。言われて振り返るが、あいにくの曇り空だった。

大通りに長い商店街があり、

「にぎやかなんですね」

運転手さんに言うと、

「でも、通りに人、少ないでしょう？　昔にくらべたら寂しくなりましたよ、デパートも撤退しちゃったし」

とのこと。なんと相づちを打てばいいのかわからず、そうなんですね、そうか、そうなんだ～と、もごもごしてしまう。

一転、沼津港にはお客さんもたくさんいて、活気があった。魚屋、干物を売る店、土産物屋に、寿司屋もある。

水族館のあとだと、お魚食べにくいかもね？

ということで、まずは軽く食堂で腹ごしらえ。

さんまの焼き寿司、お刺身盛り。それから瓶ビール。いい気分になったところで、いよいよ、メインイベント「沼津港深海水族館」である。

漁港の飲食店が立ち並ぶ一画に、ポンッと建っていた。

入館料１６００円を払い、いざ、深海の世界へ。

深海のヘンテコな生き物が、ひとつひとつ小さな水槽の中で生きている。

ひっくり返ったクモみたいな「ヤマトトックリウミグモ」には、ゾッとした。ひょろりと長い足が、胴体のおかしな場所から生えている。他の生物の体液を吸って生きているそうな……。

「ダイオウグソクムシ」は、この水族館の王様的存在。猫ほどの大きさのダンゴムシ、とでも言おうか。水槽の中でごにょごにょと泳いでいる姿を怖々と見つつも、でも、なんだか惹き付けられてしまう。

この星には、いろんな生き物がいるのであるなぁ。

と、向こうもわたしたちを見て思っているのかもしれない。

じっくり1時間半くらいいただろうか。小さいけれど、なかなか見応えのある水族館である。

表に出ると、陽はすっかり落ちて夜になっていた。

タクシーで沼津駅まで戻ったものの、なんとなくもう少し寄り道したい気分。そのまま電車で熱海まで行ってみれば、駅前の土産物屋はすべて店を閉めたあと……。シーンとした商店街の先にあった居酒屋で晩ご飯を食べ、新幹線で東京に戻ったのだった。

ある日の夕暮れ⑧

夕焼け空、
「今からだって旅に出られる」
と、思って見るのが好きだ

寝台特急「カシオペア」の旅

寝台車に乗って北海道に行きたいなぁ。

北海道までの寝台車といえば「カシオペア」。前々から気になっていたので、旅行代理店で申し込んでみたら予約が取れた。そして、その3日後、「カシオペア」の運行が2016年の春で終わりになるのだと新聞に載っていた。

秋の終わりに申し込み、出発は12月の初旬。

待ちに待った旅の当日。

天気予報、札幌にはもう雪マークである。防寒対策のため、リュックサックはパンパン！　登山にでも行くようないでたちで上野駅へと向かう。「カシオペア」は、東京駅ではなく、上野駅発だ。

ホームには「カシオペア」がゆったりとスタンバイしていた。体力温存、という感じ。これから約19時間かけて札幌までひた走る列車である。

列車に乗る人々も、乗らない人々も、みな写真をバシャバシャ撮っている。

希望は2階の部屋だったけれど、取れたのは1階の個室。窓辺に向かい合わせのソファがあり、広げればベッドになる。狭いながらもトイレ付きだ。

16時20分。

夕暮れの中、「カシオペア」は動き出した。

なにぶん初めてのことなので、まずは部屋にあったパンフレットを眺める。

車両は全部で12両。3号車に食堂があり、先頭の12号車が展望車になっている。予約すればシャワーも使えるようだ。

パンフレットの図面で、個室の広さもよくわかる。1～2号車はかなり広い部屋だ。特に最後尾のスイートルームは、ちょっとやそっとでは予約が取れないと聞いたことがある。

各車両、広めの部屋が1～2室あり、開いているドアからのぞいてみれば、3人でも泊まれるみたい。しかし、大半が、今回わたしが利用することになるコンパクトなふたり部屋である。立ち上がって腕を回す、などの体操はちょっと難しいくらいの狭さだが、巣ごもりのような、妙な安心感がある。

同行のうちの彼とひとまずお茶などしていたら、車内放送が入る。

1回目の夕食のお知らせである。

食堂車は事前の予約制で、開始時間は3段階になっている。一番早い時間の予約しか取れず、わたしたちは、なんと17時15分から夕食である。

放送後、のんびりと食堂車に向かったところ、窓側の席はすべてうまっていた。みんな早めに来て並んでいたのだろうか？　完全に出遅れる。

夕食は、和食とフレンチ。予約しておいたのは和食。正式名は「懐石御膳コース」。おせちのような2段のお重になっていて、こまごまと手のこんだ料理が詰まっていた。たとえば、くるみ豆腐の田楽味噌添え、貝柱と野菜のバター醤油焼、合鴨スモークオレンジ添えなど。彩りもきれいだ。お造りもある。天ぷらは揚げたてが別で出てきた。お吸い物だって熱々である。お吸い物には、ウニの団子みたいなのが入っていた。こちらで、ひとり6000円。フレンチのほうがもう少し高い。遅い時間になると、カレーやビーフシチューなど、手軽なメニューが予約なしでも食堂車で食べられ、車内販売にはおにぎりなどもあるようだった。

陽も落ちて、食堂車の窓の外はすっかり夜。と言っても、出発してまもないので、埼玉とか栃木あたり。旅情を味わうにはちと早い。隣りの席になったおじいさんたちと、旅の話などしつつ、デザートまでパクパクとたいらげる。乗車2時間で、寝台車のかなり大きなイベントが終了したのだった。

世界中を旅したいと思っていた。
小学生のときである。旅は旅でも、小さな家ごと移動できたら、どんなに楽しいだろう?
寝台特急「カシオペア」で北海道へ向かう旅は、だから、ちょっとあの頃の夢が叶ったということになる。
小さな個室。鍵を閉めれば、まるで家の中のよう。窓にはカーテンもかかっているし、テレビまで付いている。

ちなみに、テレビはBSのチャンネルふたつのみ。トンネルに入ると静止し、トンネルじゃないところでもときどき静止する。でも、それ以外のときはかなりクリアだった。


さて、食堂車での夕食を終えたあとは、その足で先頭の展望車へ。

廊下は細く、人とすれ違うときは、互いに横向きにならなければならない。みんな車内が物珍しいから、結構な数の乗客がうろついていた。何度も横向きになりながら展望車に到着する。

入った右側にはひとり用の椅子が並び、左側には長いソファ席。とりあえず、空いているソファ席に座ってみる。窓の外はまっ暗なので、長居する人は、あまりいない。気が済んだので、個室に戻ってのんびりする。買い込んだおやつや、ビールを並べ、宴会である。

楽しい。

時刻は夜の9時。まだまだ時間はたっぷりある。

「よし、モノマネするから、リクエストして」

強引にうちの彼にリクエストさせ、わたしは、そのすべてに果敢にチャレンジしてみた。一番似ていたのは黒柳徹子さんとのこと。今度、友達との飲み会で披露することにしよう。

「カシオペア」オリジナルグッズの販売の時間になり、またまた展望車まで見に行く。マグカップや、ボールペン、カシオペアサブレなど、いろいろ。

食堂車に飾られていた一輪挿しもあり、

買おうか？

一瞬、心が揺れたが、うちには愛用しているジュースの空き瓶もある。結局、なにも買わず、細い廊下をてくてく歩いて戻った。

眠い。お酒を飲んだせいで11時くらいには横になる。そして、目覚めたら朝がきていた。寝心地が良かったというのもあるし、本来の寝付きの良さもあるだろう。

いつ北海道に入ったんだ？

もっと、いろんなことをしみじみ想う旅になると思っていたのに、夕食→展望車の偵察→モノマネで夜が明けてしまった……。

朝食は予約制じゃないので、食堂車は混雑しているようだった。なので、淹れたてのコーヒーだけもらい（最初にコーヒーチケットが渡される）、乗車前に買っておいたパンとともに部屋で済ませることに。

窓の外は雪景色。函館などは、かなり積もっていた。

大阪育ちのわたしには、雪はいつも神秘的だ。授業中に雪がパラパラしてきただけで、生徒たちは、窓の外に釘付けになったものだった。

授業にならないので、

「外で雪合戦しよう」

先生が気をきかせてくれたこともあった。車の上にうっすら積もった雪をかき集め、プチトマトほどの雪玉を作って投げ合った。

そんなことを懐かしく思い出していたら、「カシオペア」がゆっくりと速度を落とし始めた。テレビの画面には、「まもなく終点、札幌です」という文字が浮かぶ。定刻より、約15分遅れの11時30分に札幌駅に到着。家ごと旅してきたから、疲れはまったく感じなかった。

ハンパない忍耐力

インターネットのプロバイダーの変更手続きに2日間。ようやく環境が整い、こうしてパソコンに向かっているわけだが、それにしても、電話サポートセンターの人々はすごい。知識もすごいが、忍耐力もハンパない。

電話をかけているわたし自身、途中からなにを言っているのかわからないのに、辛抱強く耳を傾け、正解へと導いてくれた。

「それでですね、わたしのパソコン上じゃなくて、もっと違うところってゆーか、深いところっていうかですね、そちら側のほうにも届いているメールとかってあるじゃないですか？　あれって、自動的に消せますか？」

文字にしてみて、ひどいな、これ、と思う。専門用語がわからないので、知っている日本語を総動員してがんばるのだが、

深いところってなんだよ⁉︎

と、あとになって思う。

しかし、サポートセンターの人々は、

「は？　言ってる意味がわかりません」

などとは決して言わない。

一旦、「なるほど」と受け止め、「もしかしてこういう意味ですか？」みたいな感じで、サクサクと解決していく。

わからないことがいっぱい出てきて、何度か問い合わせをしたのだが、

「マスダと申します、どうぞよろしくお願いいたします」

まずは、最初にきちんと挨拶するよう心がけた。

……いや、そうじゃない。そうじゃないのだ。

「心がけた」などと思ったことが、もう間違っていることに、今、気づいた。挨拶するのは、当然ではあるまいか。

自由時間のおでかけ

週末の午後3時、家。

さまざまな用事が済んで、ここからは自由時間にしようと決める。この決める瞬間は、とても気持ちがいい。

「よしっ、休む」

ドドーッと血の巡りがよくなる感じ。

映画でも観ようか、それともふらっとお茶しに行こうか。

とりあえず、着替えて、化粧して、ピーンとはねた髪の毛にドライヤーをかける。

髪はいつも左側だけがはねる。それで、この前、美容師さんに相談したところ、つむじの巻き方で、どうしてもどちらかがはねやすくなるという情報を入手。わたしは右回りなので、くるくるくるっと巻いて、最後は左側で終わる。なので、左がはねるみたい。理由がわかってからは、なんだか「はね」にも寛大な気持ちになっている。

おでかけ準備、完了。思い立って、近所の友達にメールしてみる。

「今どこ、お茶しない？」

今は近くにいないけど、あとで近くなったら連絡すると返信がある。じゃ、ま、てきとーなときに会おうということに。

おでかけ。

ショッピングモールをひとりぶらぶら。ウールの毛布がセールになっていた。ソファに置いておいたら、昼寝のときにいいかもなぁ、と思って見ていたら、店員に声をかけられる。

「1枚あれば便利ですよ、寒いときは肩からかけたり、ひざにかけたりできますし」

知ってる。そりゃそうだろう、と思う。毛布なのだ。

しかし、せっかくのアドバイスなので、「なるほど」と、うなずいて購入する。

日が暮れた頃、近くにいるよと友からのメール。合流し、そろってカフェへ。友はケーキ、わたしは小腹が空いていたので、キッシュと野菜サラダとデリのセット。飲もうか、と軽いお酒も頼んじゃう。そうだ、休日なのだ！

お正月についた体重が落ちないんだよね……なんて、言いつつ、デザートにチョコレートアイスクリーム。食後にコーヒーを飲みながら、わたしは宣言する。

「今日は、もう晩ご飯抜くゾ！」

友は驚く。

「えっ、まだ食べる予定だったの？」

ははは、そのつもりだったよ……。

結局、帰ってからおにぎりを食べたが、友には報告していない。

打ち合わせ帰りのお散歩

午後、打ち合わせの帰り、地下鉄の根津駅で下車。おいしいたまごサンドイッチを出す喫茶店があるので、食べて帰ることに。

駅から徒歩約10分。そろそろ着くはずなのに、なんだか見たことのない景色である。

はは一ん、反対方向に歩いてきてしまったな。

時間はあるのでのんびりと引き返す。途中、念のため交番で確認しようと入ったら、
「いらっしゃい」
と、にこやかなおまわりさん。交番で「いらっしゃい」って言われたのは初めてなので、ちょっと楽しくなる。丁寧すぎるくらい丁寧に道を教えてもらい、あたたかな気持ちで歩き出した。

目的の喫茶店に到着。10人くらい並んでいた。雑誌にも度々取り上げられる有名店。しかも、ちょうど午後3時。みな小腹が空く時間である。

風が冷たい。少し散歩してまた戻ってこよう。食べる気マンマンなので、あきらめない。

このあたりは古いお寺がたくさんあって、散歩も楽しい。行き当たりばったりで歩いていたら、改装を終えた「朝倉彫塑館」の通りに出た。

朝倉彫塑館は、彫刻家・朝倉文夫のアトリエ兼住居だった建物で、中を見学することができる。何年か前に入ったとき、彫刻はもちろんだが、建物もすばらしくて、また来たいなぁと思っていたのである。からだも冷えていたし、入館料500円を払って入る。

彫刻が飾られているアトリエは洋風なのだが、住居部分は和室。大きな池がある中庭をぐるりと囲む造りになっている。

ふと、長崎の島原を旅したときに入った喫茶店を思い出す。庭に澄んだ池があり、夏だったので、縁側で涼みながら休憩した。泳いでいる鯉の影が池の底に落ち、たいそう美しかった。美しすぎて、目が離せなかった。また島原に行きたいなぁ。「かんざらし」も食べたいし。冷やした蜜の中に、小さな白玉がたくさん入っている、不思議なおやつだ。旅は、旅をしているときだけでなく、うんと時間が過ぎてからも、ずっと旅のままなのだった。

朝倉彫塑館を出て、にぎわう商店街でコロッケを4つ買う。それから、またてくてくと歩いて、最初の喫茶店に戻ると、もう混んではおらず、ホットティーとたまごサンドイッチ。ピリリとしたからしが絶妙だ。

あっという間に食べ終え表に出る。そして心はもう、夕飯に食べるコロッケに一直線だった。

2月の沖縄ひとり旅

2月。沖縄格安ひとり旅。

金曜日の午後発の飛行機だったので、家を出るのもゆっくりめ。羽田空港に到着し、手続きを済ませたあと、時間があったのでソフトクリームを探しに行く。無性に食べたくて、空港に着いたら食べよう！　と決めていたのだ。

ソフトクリーム。

バニラ、チョコ、ミックス味。

子供の頃、ミックス味を選ばない人々が謎だった。同じ値段で2種類の味が楽しめるのに、ひとつの味にするなんて……。

しかし、今は、ミックス味は食べない。ガツンとひとつの味を楽しみたい。

選ばなかった味。

選ばなかったなにか。

選ばなかったことも選んだことになり、自分の世界がまわっている。

そういえば、お正月、父と母と3人で実家近くのファミレスで晩ご飯を食べた。

「いらっしゃいませ、お好きな席にどうぞ」

まだ早い時間だったので、店内はガラガラ。

席を決めたのはわたし。4人席のソファ側に父が座った。その隣りにちょこんと母。

わたしは向かいのイスに腰掛けた。

「あそこでいいんじゃない」

どうということもないシーンだが、この一連の流れが身にしみる。

数年前だったら？

母は、娘のわたしと並んでイスに座っていたと思う。しかし、今の彼女はゆったりできるソファ側に腰掛けた。

わたしがもっと若い頃だったら？

親が選ぶ席についていくだけだった。しかし、この日、わたしが「あそこでいいんじゃない」と決めたのは、ドリンクバーにも、お手洗いにもほどよく近い席。老いた両親のための席を、おそらく店に入る前から選ぶつもりでいたのだ。

ソフトクリームを食べ終え、搭乗口へと向かった。

飛行機の窓から、雲を眺めるのが大好きだ。「雲の上で遊べたら楽しいだろうなぁ」。授業中、教室の窓から見た大きな雲。子供の頃の夢は引き継がれている。されど、大人のわたしが選んでいたのは、なにかと便利な通路側の席なのであった。

日も暮れる頃、那覇空港に到着。急ぐこともないので、空港の土産物屋をふらっと見てまわる。修学旅行中の子供たちが、楽しそうに買い物をしていた。

わたしの小学校の修学旅行先は広島だった。おこづかいは、ひとり１５００円。お土産の配分を覚えている。

父と母にはもみじまんじゅう。５００円。

近所のおばさんに、２００円のしゃもじ。

妹に350円、自分に450円で、宮島らしい鹿の置物を買った。

友達のお土産配分がそれぞれ違うのが新鮮だった。1500円を使い切らない子もいれば、自分のお土産にほとんどを使う子もいた。

自由時間に一緒に行動していた友達は、名物のもみじまんじゅうは買わず、甘いおせんべいの詰め合わせを買っていた。うちのおばあちゃんは、こっちのほうが喜ぶからと彼女は言い、ふと、「おばあちゃん」がいるその子の家の中の様子を思い浮かべたのを覚えている。会ったこともないその子のおばあちゃんは、小柄だけど、ちょっとぽっちゃりした、茶色い服を着た人だった。

修学旅行生たちでにぎわう那覇空港の土産売り場をあとにして、モノレール乗り場へ。東京は晴れていたのに、沖縄は雨がぱらぱら。

モノレールは、到着を知らせるメロディが各駅ごとに違い、わたしは壺川駅の曲が大好き。だから、壺川駅が近づくとうきうきする。踊り出したくなるような明るいリズムだ。

壺川駅を過ぎ、宿泊するホテルの最寄り駅で降りる。

雨は強まっていた。タクシーに乗ってホテルへ。フロントで名前を告げると、「あれ？　そんな名前、予約にないけど？」みたいな顔になっている係の人を見て、思い出す。

そうだった、泊まるの、ここのホテルじゃなかった……。

旅行代理店で予約が取れず、別のホテルにしたのを忘れていたのだ。来たばかりなのに帰っていくわたしを、ホテルのベル係の人が優しく見送ってくれた。

那覇市内をブラブラするだけの旅を終え、羽田空港に戻ってくる。

しかし、すぐには家には帰らない。せっかく、搭乗口にいるのだから、もう少し旅気分を味わっていたいのだった。

飛行機を利用するときは、可能な限りＪＡＬにしている。お気に入りの店がいくつかあり、必ず寄るのは蕎麦屋。カウンターで注文するセルフの店なのだが、そこの温かいネギ蕎麦がおいしい。ネギは青いタイプのやつで、薄い斜め切り。ゆずの皮がひょいっとのっている。七味をたっぷり入れ、熱々をいっきに食べる。

ＪＡＬ側のターミナルには、小さな伊勢丹も入っている。新宿伊勢丹はいつも混み合っているけれど、ここはガラガラ。洋服の数は少ないが、それゆえに選びやすく、夏に向けて気軽なＴシャツなどをお買い物。

その後は、隣りのカフェへ。スコーンやキャロットケーキがショーケースに並んでいる。コーヒーとともに甘いものをトレーにのせ、飛行機の発着が見渡せる窓辺の席で一休み。

テーブルに差し込む午後の太陽。
コーヒーとおやつ。
伊勢丹の紙袋とキャリーケース。

気ままで、気楽だ。

しかし、ふいに押し寄せてくる頼りない感情。

わたし、なにやってんだ？

人生は、いつも〈わたし〉より前にいて、腰に結ばれたロープで引っ張られているような気持ちになる。

追いつかない。なにもかもが、自分の人生内では間に合わないのかもしれない。どうしよう……。

不安のあまり人目も憚《はばか》らず、テーブルに突っ伏したくなったが、ああ、そうだったと背筋を伸ばす。

こんなときは、アレに限る。

ジュンク堂那覇店で買った小説を1時間ほど読んで家に帰った。

店選び

みんなでご飯でも食べようか、となって店選びを任されたとき。気軽に店を選べるようになってきた。

以前のわたしなら、参加する人が来やすいエリアをさぐるところから始めたものだが、もうそこは深く考えないことにした。

自分がお誘いを受ける側のときは、少々不便な場所でも気にならない。むしろ、わざわざ行く感じも好きなのだ。

なので、場所選びからは解放された。

つづいて、店選び。わたしが一任されたのだから、「わたしのためになる」のがよいのではないか？　と考えてみた。

それで、麻婆豆腐である。

わたしは麻婆豆腐が大好きなので、おいしい麻婆豆腐が食べられる店を開拓していくのはどうか、と思ったわけである。開拓しておけば、誰かに「麻婆豆腐おすすめの店ある？」と聞かれたときも、教えてあげることができる。旅以外に趣味がないわたしには、一石二鳥だ。

場所はどこでもいい。食べるのは麻婆豆腐。

しばりがシンプルだから、店探しも比較的スムーズだ。

とはいえ、広さとか、雰囲気とか、予約状況などもあるので、思い切って店の方向性を変えてみることもある。

そうだった。方向性を変えるといえば、先日、女友達とふたりで食事をするのに、ネットを見ていたら、スペインのバスク料理がおいしそうだった。

「バスク料理の店を予約したよ、食べたことないけど～」

「わたしも初めて、楽しみ～」

ふたりでお店に行って、おいしい、おいしいと食べていたのだが、食事が終わる頃になって、店内に小さなイタリア国旗のシールが貼ってあるのを見て、ハッとする。しまった、スペイン・バスク料理は予約が取れず、イタリア・マルケ料理というのにしたのだった！

「ごめん、これ、バスク料理じゃなかった」

友と苦笑い。しかし、オリーブの肉詰めフリットなど、手が込んでいた。麻婆豆腐のつぎは、〈オリーブの肉詰め〉でお店検索してみるのもいいかもしれない。

植物を育てる

青々としたパクチーの苗が、花屋の店先に並んでいた。一鉢160円。ふたつ買って家に帰る。むろん、育てて食べるつもりだ。

キッチンの窓辺でネギの水栽培もしている。ガラスのコップに水を入れ、切ったネギの根を立てておけば、どんどん大きくなっていく。

そうだった、立てると言えば、さっきテレビを見ていたら、水を張った皿に白菜を立てて栽培している人が紹介されていた。やってみたいが、かなり場所をとりそうなので考え中だ。

植物が育っていくのを見るのは楽しい。

そろそろプチトマトの苗も買いたいのだが、近所には欲しい苗が売っていない。去年はサントリーのプチトマト苗と、カゴメのプチトマト苗を植えてみたが、どちらも大きく育ち、夏には鈴なりに実がなった。なんと、12月まで実がなりつづけたが、さすがに冬のプチトマトはすっぱかった。かすかに苦みも。最後は我慢比べみたいにして食べた。どちらの苗も、買うには電車に乗って店まで行かねばならないので、まだ保留のまま。近々、行ってこよう。

昔、スイカの種の生長に悲鳴を上げたことがあった。

小学生のとき、小さな鉢にスイカの種を植え、ベランダに置いていたのだが、そのことをすっかり忘れてしまった。秋になり、なにかの陰に隠れていたその植木鉢が出てきたとき、

「キャーッ」

と、飛び退いた。もやしのようにひょろ長い芽が、太陽の光をもとめて伸びていたのである。

怖かった。すごく。スイカが必死に育とうとしていた姿には気迫があった。その気迫に圧倒された。

お前、よくも忘れていたなぁぁぁぁ。

スイカの声が聞こえてくるようだった。写真のように、あのときの情景が、色付きでくっきりと浮かんでくる。パクチーはしっかり世話をしようと思う。

あとがき

単行本ではなく、いきなり文庫本になったものを「文庫オリジナル」と言うのだそうな。これは、その「文庫オリジナル」である。本になるまでの期間がそこそこあり、あとがきに向かっている「今のわたし」にとっては、「5年前のわたし」〜「2年前のわたし」が書いたエッセイということになる。

いろんなところに出かけておるなぁと思う。松本、金沢、富山、韓国、豊川稲荷、三島、沼津、札幌、沖縄、ボロ市、梅祭り、などなど。

あと、おやつもよく食べている。

旅とおやつで、自分の世界がまわっている気すらする。ついさっきも自転車で旅行代理店へ行き、フィンランド8日間の予約を入れてきたばかり。その帰り、書店に寄ってフィンランドのガイドブックを開き、どの店でシナモンロール食べよう？　などと思案していたのだった。

読み返して改めて後悔したのは、「小学生のわたし」が大切にしていた子供用の香水を捨ててしまったことである。これまでの人生において、捨てて後悔したものはほぼないけれど（卒業証書とか）、「ストロベリーキング」という名の、あの香水を二度とかげないのはさみしかった。早まった。わたしの思い出の匂いは失われてしまった。

失ったといえば、この文庫本に登場している父親も、もうこの世にはいない。一緒にファミレスに行った話には、すでに懐かしささえ感じたのだった。

自分の気持ちが一直線に書けている一節がある。

子供の頃から絵を描くのが大好きだったから、大人になっても絵を描きつづけていられる今に感謝している。誰にというわけではなく、「今、このとき」への感謝である。

月日が流れても変わっていないと思う。

２０１８年７月

益田ミリ

この作品は幻冬舎plus連載の「前進する日もしない日も」（２０１３年10月〜２０１６年５月）をまとめた文庫オリジナルです。

痛《いた》い靴《くつ》のはき方《かた》

益田《ますだ》ミリ

平成30年8月5日　初版発行
令和7年6月20日　4版発行

発行人――石原正康
編集人――宮城晶子
発行所――株式会社幻冬舎
〒151-0051東京都渋谷区千駄ヶ谷4-9-7
電話　03(5411)6222(営業)
　　　03(5411)6211(編集)
公式HP　https://www.gentosha.co.jp/
印刷・製本―TOPPANクロレ株式会社
装丁者――高橋雅之

幻冬舎文庫

ISBN978-4-344-42774-7　C0195　ま-10-18

この本に関するご意見・ご感想は、下記アンケートフォームからお寄せください。
https://www.gentosha.co.jp/e/